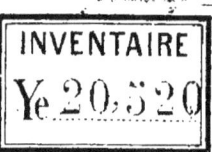

RISQUONS-NOUS

PAR

P.-G. DREVET.

PARIS,

DUMOULIN, LIBRAIRE-ÉDITEUR, 46, RUE NOTRE-DAME-DE-LORETTE.

—

1868.

RISQUONS-NOUS

NANTES , IMPRIMERIE ÉVARISTE MANGIN.

RISQUONS-NOUS

PAR

P.-G. DREVET.

PARIS,

DUMOULIN, LIBRAIRE-ÉDITEUR, 46, RUE NOTRE-DAME-DE-LORETTE.

1868.

A MON AMI EUGÈNE GARCIN.

C'est à vous, cher ami que je dédie ce recueil.

Depuis vingt ans mes pauvres verselets, fuyant les dédains des éditeurs, dormaient en paix au fond d'un tiroir où nul regard indiscret n'interrompait leur sommeil. Vous arrivez un jour chez moi, et les voilà réveillés.

Puisque c'est vous qui avez troublé leur repos, il est juste que vous en soyez puni, et que vous portiez, devant le public, la responsabilité de votre acte.

Je vous dédie donc ce petit livre. Puisse le suffrage que vous lui avez accordé être ratifié par d'autres.

P.-G. DREVET.

A MES FABLES.

Quoi ! vous saviez, pauvres petites,
Qu'il faudrait un beau jour vous risquer avec moi,
Et voilà que, tout interdites,
Vous hésitez, palpitantes d'émoi !
Vous n'osez quitter la retraite
Qui vous cacha près de vingt ans,
Dans la crainte qu'on ne vous traite
En radoteuses du vieux temps.
Parbleu ! je le sais bien, votre innocent ramage
Trouvera dans les cœurs un difficile accès.
Vous ne parlez ni *turf* ni *report* ; c'est dommage.
Mais on peut, je suppose, ignorer ce langage
Et trouver cependant quelques lecteurs français.
Courage donc, petites sottes !
Vous craignez, je le sais, d'être un jour papillotes ;
Mais au front d'une belle où serait le malheur ?
Songez que, d'autre part, vous risquez qu'on vous lise
Et qu'il peut arriver qu'un critique s'avise
De vous trouver quelque valeur.
Marchez donc en avant, follettes indociles.
Lorsque le cœur est pur tous les pas sont faciles.

RISQUONS-NOUS

FABLES

LE PORC ET LE BÉLIER.

Un porc nommé Noiraud, après un fort orage,
Dans les eaux d'un torrent allait un jour périr,
 Lorsque Cornu, le bélier du village ,
  Vint par bonheur le secourir.
  Il était de stricte justice
De n'être pas ingrat pour un si grand service.
Aussi, maître Noiraud, le pied droit sur son cœur,
Jura-t-il de ne point oublier son sauveur.
« Un hibou, lui dit-il, au jour de ma naissance,
  M'a prédit un bel avenir ;
S'il est vrai, l'on verra par ma reconnaissance
Si du bien qu'on m'a fait j'aime à me souvenir.
 Dans tous les cas, si jamais je l'oublie,
  Faites m'y penser, je vous prie.
  Mais n'y manquez pas, s'il vous plaît.

Point de scrupule au moins ! cela me fâcherait. »
On sait que le hibou fut toujours bon prophète,
Ce qu'il avait jadis prédit à notre bête
Devint réalité ; près du lion son roi,
L'heureux porc à la Cour eut bientôt un emploi.
Sitôt que le bélier en reçoit la nouvelle,
Il loue une culotte, un jabot de dentelle,
    Des souliers neufs, des bas à jour,
    Et s'en va tout droit à la Cour.
— « Avertissez, dit-il, Monsieur de Noiraudière
Qu'un de ses bons amis désire lui parler. »
Le bélier dut d'abord attendre une heure entière ;
Après quoi près du porc on le fait appeler.
— « Que désire Monsieur ? lui dit Noiraud. — Peut-être
Avez-vous aujourd'hui peine à me reconnaître ;
Je suis l'ami Cornu ; vous savez, ce bélier...
— Quel bélier ? quel cornu ? soyez clair, je vous prie.
— Mais ce bélier, parbleu ! qui vous sauva la vie
Un jour que vous alliez près de lui vous noyer.
— Moi me noyer ! que diable est-ce que cette histoire ?
— Il paraît que Monsieur a mauvaise mémoire.
    Moi qui l'ai bonne, Dieu merci !
Je me souviens fort bien de tous ces détails-ci.
Je sais qu'alors, pour moi rempli de bienveillance,
Dans un moment d'élan et de reconnaissance,
    A Cornu votre serviteur
Vous aviez promis d'être un jour son protecteur
— Moi ? ma foi, pour le coup vous radotez, bonhomme·
— Que nenni ! c'est bien vous que j'ai tiré de l'eau.
Car vous que maintenant de Noiraudière on nomme,
N'étiez en ce temps-là, — pardonnez-moi le mot, —

Que le petit cochon Noiraud. »
Ce mot lâché, tournant le dos à l'Excellence :
Le proverbe a raison, dit-il d'un air moqueur ;
Rien n'ôte la mémoire au parvenu sans cœur.
　　　Autant que la reconnaissance.

LE SCULPTEUR, LE SAINT ET LE PAYSAN.

Un sculpteur avait fait emplette
Du billot d'un poirier pour y tailler un saint.
　　　Dès que son œuvre fut complète,
De l'exposer il forma le dessein.
　　　C'était au centre de l'Espagne ,
　　　Ce charmant pays de Cocagne
　　　Pour les gens qui logent aux cieux.
Aussi vit-on bientôt la ville et la campagne
Courir auprès du saint, et faire au bienheureux
　　　L'accueil le plus respectueux.
Un manant seul dans cette multitude
　　　Conservait une autre attitude,
　　　Et souriait au bois sculpté
　　　D'un air plein de malignité.
　　　Surpris de cette inconvenance
L'artiste tout d'abord voulut se récrier.
Mais le manant lui dit : Taisez-vous par prudence ;
Pour moi, votre magot point ne veux le prier.
　　　Comment pourrais-je en conscience
Honorer ce saint-là que j'ai connu poirier ?

LE CHÊNE ET LE BRIN D'HERBE.

Déjà sous les efforts d'une hache implacable
Un chêne altier voyait sa tête se courber :
« Qu'ai-je donc fait ? dit-il; de quoi suis-je coupable
Pour qu'ainsi le malheur sur moi vienne tomber ?
       Parmi tant de races infimes
Qui rampent à mes pieds, dis, ô Destin jaloux,
       N'est-il pas assez de victimes
       Qui puissent périr sous tes coups,
Sans choisir de ces bois l'hôte le plus illustre
       Pour le livrer aux outrages d'un rustre ? »
       — Modère un peu ton langage hautain,
       Lui répondit un modeste brin d'herbe ;
Crois-tu donc être seul le jouet du Destin ?
Non ; depuis le fétu jusqu'au chêne superbe,
Nous sommes tous sujets aux caprices du sort
Qui frappe, sans choisir, et le faible et le fort.
       Telle est la loi de la Nature.
Si l'on aperçoit moins les malheurs que j'endure
Que ceux de tes pareils quand le sort les poursuit,
C'est parce que je fais en tombant moins de bruit.

LE RENARD PHILANTHROPE.

Un renard par le froid chassé de sa tanière
    Avait fait vœu ·
Que, s'il rencontrait un bon feu,
    Toute la gent gallinière,
    Sans pitié, ni sans quartier,
    Avec chair, plume et carcasse,
    Entrerait dans la besace
    Des pauvres de son quartier.
    De peaux il devait ensuite
    Munir tous les malheureux
    Qui grelottaient dans leur gîte
    Faute de soins généreux.
    Le ciel, charmé du langage
    De ce dévot personnage,
    Mena tout droit Saint-Renard
    Dans la caverne profonde
    D'un ours qui vers l'autre monde
    Lors s'apprêtait au départ.

Là se trouvait de quoi dégeler une armée
    De renards transis et frileux.
Par le douillet la grotte est aussitôt fermée ;
Et je vous réponds bien qu'après une heure ou deux,
    Notre gaillard n'avait pas froid aux yeux.
Dès qu'il eut de son corps retrouvé la souplesse,
Mon saint se rappela tout à coup sa promesse :
« Oh ! que ces pauvres gens, dit-il, ont dû souffrir !

Ma foi, de bien bon cœur j'allais les secourir ;
Mais, depuis le moment où j'ai fui ma tanière,
Le temps s'est radouci d'une étrange manière. »

Hélas ! vêtus de poil ou couverts d'un habit,
Que j'ai vu de renards de ce même acabit !

LE MEUNIER, L'ANE ET LE SAC.

Monté sur un roussin d'arcadique origine,
    Gros-Jean s'était mis en chemin.
Devant lui s'élevait certain sac de farine
    Qu'il venait de prendre au moulin.
Déjà nos trois objets avançaient à merveille,
    Lorsque la fatigue à la fin,
    Saisissant maître Longue-Oreille,
Il s'arrêta tout court, sans respect pour Martin
    Dont les avis... en bois de saule
    Venaient mourir sur son épaule
    Comme les vents contre un rocher.
Les coups ne servant point, Gros-Jean voulut chercher
Un moyen pour sortir de ce pas difficile ;
    Il prend le sac, et sur son dos
    Le charge sans autre propos ;
    Puis remontant sur la bête indocile :
« Voudras-tu, lui dit-il, avancer de nouveau,
Maintenant que c'est moi qui porte ton fardeau ? »

Combien est-il de gens, comme lui bons apôtres,
    Qui ne demanderaient pas mieux
    De supporter le faix des autres...
    Pourvu qu'on le portât pour eux !

LES SOULIERS DE THOMAS.

Or çà ! petits enfants, écoutez cette histoire.
    L'ami Thomas, un jour de foire,
S'octroya, contre écus, deux souliers excellents,
Beaux, souples et bien faits ; d'un cuir des plus brillants ;
Parfaits enfin ; s'il est sur notre pauvre terre
Quelque objet qui le soit ; ce que je ne crois guère
    Comme il vint à pleuvoir, Thomas,
    De peur de gâter sa chaussure,
    Surveillait chacun de ses pas,
Evitant avec soin la moindre éclaboussure
    Mais mon gaillard s'apercevant
    Que, malgré sa sollicitude,
Ses souliers refusaient de prendre l'habitude
D'être, une fois crottés, aussi propres qu'avant,
Lé pauvre homme irrité manqua de patience
Et piaffa dans la boue en toute indifférence.

A beaucoup d'entre nous ce Thomas ressemblait.
De notre âme d'abord la pureté nous plaît.
Aussi de la souiller, Dieu sait ! comme on se garde.
Mais que la boue y morde, et l'on n'y prend plus garde.

UNE ERREUR DE SATURNE.

On m'a dit qu'autrefois, alors que notre terre
   Dans le chaos cessa de s'agiter,
     Saturne voulut, en bon père,
    De quelques vertus nous doter.
Mais le pauvre homme y perdit bien sa peine ;
Car dans le champ de la nature humaine,
    Quand il semait quelques vertus,
L'Egoïsme enlevait la moitié de la graine
   Et l'Indolence amassait le surplus.

LE JEUNE CHAT.

Pendant que les autans se battaient dans la plaine,
Que l'hiver sur les monts étendait son manteau,
Un jeune chat sortant à peine du berceau,
    Grelottait sous leur froide haleine.
Il gisait dans un coin sur lui-même roulé ;
Pensant qu'il se pouvait garantir de la sorte
Du froid qui s'engouffrait dans les trous de la porte.
    — Eh quoi ! petit écervelé,
Lui dit un vieux carlin à l'humeur complaisante ;

N'avez-vous pas vu ce foyer
Où pétillent gaîment la vigne et le noyer ?
Allez donc implorer sa chaleur bienfaisante.
Convient-il de geler sottement dans un coin,
Quand de nous réchauffer notre maître a pris soin ?
L'autre qui ne savait trop quel prétexte prendre
Pour approcher du feu dont sa timidité
   Seule le tenait écarté,
A l'appel du carlin s'empressa de se rendre.
Mais au lieu d'approcher le feu de quelques pas,
Comme tout chat prudent doit agir en ce cas,
   Il y donna tête baissée,
   Ainsi qu'une bête insensée.
Oh ! Oh ! dit-il alors, se mettant à crier ;
   Serviteur, Monsieur le foyer !
Un si brûlant accueil peut beaucoup plaire à d'autres
   Pour moi je ne suis plus des vôtres !
En achevant ces mots, il courut se cacher ;
Malgré ce que le chien fit pour l'en empêcher.
Ce chat ne connaissait pas un mot de physique,
Me diront les savants ; j'en conviens ; mais aussi
   Avec moi convenez ici
Qu'il ne fit des humains qu'imiter la logique.
Combien en voyez-vous — pour moi j'en connais peu,—
Qui sachent conserver la route du milieu ?
Des langes au tombeau, nous penchons vers l'extrême ;
Et *medio virtus* n'est pour nous qu'un problème.

LES BONNES FORTUNES DE NICAISE.

Certain manant, au sortir de service,
　　Eut pour salaire un lingot d'or.
Le cœur joyeux d'un si beau bénéfice,
Chez lui gaîment il portait son trésor.
Un chagrin seul le tenait en haleine ;
C'est que, pour lui ravir jusqu'à la moindre peine,
　　A son lingot le ciel n'eût attaché
　　　　Deux jambes, au moins pour marcher.
Pendant qu'ainsi notre pauvre Nicaise
Songeait combien la fortune nous pèse,
　　Vint à passer un quidam à cheval.
　　Accoster l'homme, offrir de l'animal
Tout son lingot, ne fut pas longue affaire.
Le quidam, à son tour, fut prompt à satisfaire.
　　Marché conclu, sans le moindre regret
　　Maître Nicaise enfourche le bidet.
　　Chemin faisant il se dit à lui-même :
« Voilà ce qui s'appelle éconduire un problème !
Tantôt je souhaitais deux pieds à mon lingot ;
　　En voici quatre, et qui vont au grand trot !
　　Hop ! A ces mots il pique sa monture,
Qui, sentant par le fer son ventre caressé,
　　　　Jette notre homme en un fossé,
　　Dont il sortit faisant triste figure.
Près de là, par bonheur, un berger dans un champ
Conduisait un troupeau. Nicaise sur le champ

Propose son cheval ; fait si bien qu'il s'arrange
Et reçoit sans grand'peine une vache en échange.
   Tout en marchant, calculant le profit
    Qu'il tirerait en lait, beurre et fromage,
       De son laitage ;
Par ma foi ! se dit-il, vivent les gens d'esprit !
    Rien de tel pour remplir sa bourse
    Qu'avoir un génie à ressource.
Cependant par la soif se sentant tourmenté :
   « Eh ! n'ai-je pas du lait à volonté ?
   » Trayons, parbleu ! » Comme il se mit à traire,
Elle d'un coup vous l'étendit par terre.
   » Foin de la vache ! au diable tout son lait !
   » S'il faut toujours à ce prix-là le boire.
» Roussette, mes amours, j'en ai bien du regret, —
» Mais arrivé chez nous je vous mène à la foire. »
   Comme il disait, un marchand de pourceaux
   Tout près de là cheminant d'aventure :
   « Ah ! par ma foi, les hommes sont bien sots,
« Nicaise, se dit-il, allez, je vous l'assure.
Comment n'avez-vous pas compris beaucoup plus tôt
   Que c'est un cochon qu'il vous faut ? »
Quelques instants après, il tenait à l'attache
   Un très beau porc en place de sa vache.
   Pour cette fois il se crut très content ;
Calculant que jambons pouvant lui rendre tant ;
   Boudins et lard pour le moins tout autant,
   Il avait fait une excellente affaire.
   Mais son bonheur, hélas ! ne dura guère.
Ayant d'un rémouleur convoité l'humble état,
Notre homme de son porc bientôt se dégoûta.

Et faisant de rechef quelque coup de sa tête,
 Contre une meule il échangea sa bête.
 La meule aussi fit assez triste fin ;
 Car, par malheur, étant tombée à terre,
 Elle alla droit rouler dans la rivière ;
Et Nicaise chez lui rentra mourant de faim.

Ce Nicaise, dit-on, mourut dans un grand âge,
Laissant beaucoup d'enfants tous faits à son image.
Même il en est encore un bon nombre ici-bas,
Qui ne sont satisfaits que de ce qu'ils n'ont pas.

LES AIGLES ET LES REPTILES.

Sur de certains rochers, à l'accès difficile,
 Ne sont logés que l'aigle et le reptile.
Seuls dans ces régions ils peuvent s'établir.
 Quant aux moyens d'y parvenir,
Ils dénotent des gens de bien diverse trempe.
 Car l'aigle y vole et l'autre y rampe.

LES SOURIS, LE RAT ET LE HIBOU.

———

Chez des souris, peuple rongeur,
Un jour certain rat voyageur
Arriva le sac sur l'épaule ;
Comme il n'avait pas une obole,
Il apprêtait déjà son petit compliment
Pour aborder son monde poliment ;
Lorsque nos dames ronge-maille,
Qui jamais n'avaient vu de souris de sa taille,
Croyant avoir affaire à quelque grand seigneur,
Lui firent aussitôt l'accueil le plus flatteur.
Le rat prenant goût à la fête,
Se garda bien de les désabuser ;
Plus l'encens lui donnait, au contraire, à la tête,
Plus il voulut qu'on le vînt courtiser.
On l'avait cru grand seigneur sur sa mine ;
Il se dit prince, on en crut son aveu.
Ensuite il se fit roi d'autorité divine ;
Puis empereur ; puis enfin demi-dieu.
Et cependant sa fortune et sa panse
S'arrondissaient aux dépens des souris ;
Tant et si bien, que parmi cette engeance
Contre le rat enfin on poussa de hauts cris.
Un hibou, personnage austère,
Et qui près de nos gens logeait en ce temps-là,
Les pria d'abord de se taire ;
Mais échouant à mettre le holà :

2

« De quoi vous plaignez-vous, dit-il, sotte vermine ?
» N'êtes-vous pas auteurs de tous vos embarras ?
» Nuls grands ne se croiraient de nature divine
   » Si les petits ne les adoraient pas. »

LA POULE ET LE SANSONNET.

Explique qui pourra le malheur qui m'arrive !
   Disait une poule naïve ;
Mais voilà plus d'un mois que je ponds tous les jours,
   Et que mes œufs disparaissent toujours.
Aux regards indiscrets en vain je les dérobe,
   Il faut partout qu'on me les gobe.
J'y perds la tête, et ne sais plus, vraiment,
   Quand je dois pondre, où, ni comment.
   — Ah ! pour le coup, vous nous la donnez belle !
   Lui répondit un sansonnet femelle.
Vous n'avez pas encor, depuis que je vous vois,
Fait un œuf sans aller le crier sur les toits.
   Vous avouerez que pour pondre en cachette,
   C'est une plaisante recette.

LE LOUP ET LE RENARD.

Un renard maraudeur, fripon déterminé,
　　Pour ses voisins fléau toujours funeste,
　　　　A certain loup de son dîné
　　　　Venait d'enlever quelque reste.
Il n'avait pas encor dépêché son festin,
　　　Lorsque messire loup survint.
« Qu'est-ce ? que mange ici cette bête goulue ?
　　C'est mon mouton ! si je n'ai la berlue.
Certes, voilà, dit-il, un effronté coquin !
Qui t'a permis de prendre une telle licence ?
　　　　　— C'est la faim ; que Votre Excellence
　　　　Pour ma misère ait quelque égard ;
J'ai si bon appétit ! répondit le renard.
— Ah ! fourbe, je vais bien t'en apprendre d'une autre !
　　　Bon Dieu ! quel siècle est donc le nôtre,
　　　Pour que l'on se permette ainsi
De voler en plein jour, comme ce larron-ci !
Voyez un peu le drôle, il lèche ses babines !
C'est avoir trop de front ! j'allais le grâcier ;
Mais puisqu'au lieu d'avoir honte de ses rapines,
Le pendard semble encor vouloir me défier,
　　　Je vais tout droit l'expédier. »
Cela dit, il signa, sans perdre une seconde,
　　　Son passeport pour l'autre monde.

Ce loup avait, dit-on, très longtemps fréquenté
    L'école de ces bons apôtres
    Qui montrent pour la probité
    Tant de scrupule et d'âcreté...
    Chaque fois qu'il s'agit des autres.

LES DEUX CHASSEURS.

    Dans les déserts de la Mauritanie,
Deux chasseurs musulmans trottaient de compagnie,
    Lorsque l'un d'eux aperçut un lion :
« Oho ! voilà, dit-il, une superbe proie
    Que la fortune nous envoie.
    Quelle admirable occasion
    De signaler notre courage !
Je vais sur ce gaillard fondre comme un orage ;
Regardez bien. » Disant ces mots il fait trois pas.
    Maître Léo qui ne s'arrête pas
    Aux vains discours que le chasseur débite
S'avance avec dessein de faire bon repas
    Du fanfaron qui s'enfuit au plus vite
    Et près de son ami s'abrite
En un lieu sûr. « Eh bien ! dit l'autre compagnon,
    L'avez-vous tué ? — Ma foi, non ;
Malgré tout mon désir de lui chercher querelle,
Je n'ai pas eu le cœur de trouer peau si belle.

LE CHIEN ATTACHÉ.

Les mots sur la nature humaine
Ont toujours fortement agi.
Tel volontiers porte une chaîne
Qui d'une attache aurait rougi.
Les animaux, s'il en faut croire
Certain chien dont voici l'histoire,
Sont au moins aussi sots que nous ;
Peut-être même encor plus fous ;
Ce qui semble assez peu probable ;
Mettons autant, c'est bien assez.
D'ailleurs ce ne sont là que pièces à procès.
Arrivons donc à notre fable :
Cerbère d'un château,
Pateau
Vivait comme un sultan que les soins de l'empire
N'empêchaient pas de ronfler ni de rire.
Seulement un faible lien
Le rivait au logis ; mais il n'y perdait rien ;
Car tous les chiens du voisinage,
Qu'il n'était besoin d'inviter,
Sans manquer un seul jour le venaient visiter.
Comme ils mettaient sa cuisine au pillage,
Chacun avait bien soin de payer son écot
Par quelque historiette arrivée au village,
Dont il était le volontaire écho.
Un jour qu'on manquait de nouvelles

Et qu'on n'en avait pas moins vidé les écuelles,
Un dogue, qui lui seul avait mangé pour trois,
Lui dit que l'on avait méconnu tous ses droits.
En lui mettant au cou cette vilaine attache
      Digne tout au plus de la vache,
      Ou bien de quelque autre animal
      Se respectant tout aussi mal :
« Croyez-moi, lui dit-il, faites-la disparaître ! »
Les gueuletons partis, l'autre en parle à son maître,
      Qui lui répondit : — « En effet,
      Cette corde n'est pas ton fait !
Je vois ce qu'il te faut ; j'ai là-haut dans ma chambre
Un collier non pas d'or, ni de corail, ni d'ambre,
      Bijoux à l'éclat mensonger ;
Mais un collier de fer artistement forgé,
D'où pendent les anneaux d'un lien métallique.
      Dont le luisant est magnifique.
Chacun, te le voyant, te croira chevalier
      D'un nouvel ordre de collier ;
Tu verras. » — Aussitôt il va prendre la chaîne
Et rive le mâtin à sa niche en vieux chêne.
      Le lendemain à leur repas
      Les dogues ne manquèrent pas.
Je vous laisse à penser quelle fut leur surprise
En voyant leur ami de la sorte équipé :
      « Quelle attache l'on vous a mise ! »
Lui dit l'un d'eux. — « A moi ? vous vous êtes trompé ;
Veuillez voir de plus près ; que chacun de vous sache
Que je porte une chaîne et non pas une attache. »

LES GONDS.

Les gonds rouillés des portes d'un château
De cris aigus étourdissaient l'oreille ;
On les graissa ; la chose fit merveille ;
Messieurs les gonds se turent aussitôt.

Je sais plus d'un moraliste farouche,
   Sectateur du Christ ou païen,
  A qui des gens ont clos la bouche
    Par ce moyen.

L'HIRONDELLE ET LE MOINEAU.

« Comment donc faites-vous, disait à l'hirondelle
Un moineau, franc bavard et larron consommé,
   Comment donc faites-vous la belle,
Que l'homme contre vous ne soit point animé ?
Pour moi, depuis que Dieu m'a mis en ce bas monde,
Je n'ai pas quatre fois, sauf étant tout petit,
   Mangé selon mon appétit,
   Tant pour moi sa haine est profonde.
Je ne puis faire un pas ; car sitôt qu'il me voit
    En quelque endroit,
Il s'arme jusqu'aux dents ; me déclare la guerre
Et me lance aussitôt la foudre et le tonnerre.

Si c'est ma qualité d'oiseau
Qui le met si fort en furie,
Pourquoi ne s'acharner qu'après moi, je vous prie ?
— Eh bien ! écoutez-moi, malheureux étourneau,
Répond l'hirondelle au moineau ;
Voulez-vous être aimé ? la chose est très facile ;
Au lieu de nuire aux gens sàchez leur être utile.
— Vous aussi ! dit alors, tout près de sangloter,
Notre pauvre moineau pris de douleur profonde ;
Vous aussi, vous croyez mon destin mérité !
Hélas ! je le vois bien, ma belle vagabonde,
Quand un préjugé court le monde,
C'est le diable pour l'arrêter. »

Tous deux avaient raison ; leur morale était sage.
Seulement l'hirondelle alors ne savait pas
Que les pauvres moineaux qu'on traite en parias
Font plus de bruit que de dommage.

LE FURET ET SES CONFIDENTS.

Garder tous ses secrets est d'un être égoïste.
L'homme a souvent besoin de répandre son cœur ;
Mais il faut en cela se montrer rigoriste
Et de ses confidents éprouver la valeur.
Voici comment s'y prit un furet pour connaître
Celui que d'un secret il pouvait rendre maître.

A tous ceux qu'il croyait être de ses amis
Parce qu'ils fréquentaient quelquefois son logis,
Il racontait un fait qu'il disait d'importance ;
     Mais en ayant bien soin toujours
     De varier tous ses discours,
Et d'inviter chacun au plus profond silence.
Tous connaissant ainsi des secrets différents,
Ou tout au moins des faits que tels ils pouvaient croire,
Il devenait aisé parmi les confidents,
De connaître celui qui divulguait l'histoire.
Après quatre ou cinq jours, lorsque notre furet
Etablit le bilan des gardeurs de secrets,
Il n'en trouva que deux pour qui tant de mystère
Ne sembla pas devoir être un fardeau trop lourd :
L'un était un poisson et l'autre un ver de terre ;
     Tous deux muets, le dernier sourd.

L'ANE.

« Jusques à quand mon nom doit-il servir d'injure ? »
     Dit un jour maître Aliboron.
« Pourquoi sur les baudets jeter la flétrissure ?
Quel mal avons-nous fait ? que nous reproche-t-on ?
L'espèce humaine est bien une sotte pécore.
De titres glorieux cette engeance décore
Le lion qui ne sait lui causer que du mal ;

Tandis que moi pauvre animal
Qui près d'elle toujours ai su me rendre utile,
Je sers de type à l'imbécile.
Eh bien ! puisqu'il en est ainsi,
Je m'en vais, à mon tour, gredins, vous nuire aussi. »
Il dit ; et signalant aussitôt son courage,
Il saisit un poulet et l'immole à sa rage.
Mais à l'aspect du sang, plein de trouble et d'horreur,
Mon baudet trop humain sent défaillir son cœur.
« Ah ! si ce n'est qu'au prix du crime,
Qu'il est permis, dit-il, d'acquérir votre estime,
Cruels dispensateurs de la célébrité,
L'âne à vos préjugés ne fera plus obstacle.
Placez aigle et lion à votre aise au pinacle.
Quant à moi, j'aime mieux ma pauvre obscurité. »

LE MANCHE ET LA LAME DU POIGNARD.

Certain poignard mauvais drôle,
Vrai Cartouche au meurtre rompu,
Se vit un jour dans son rôle
Par la police interrompu.
Lorsque devant la cour on évoqua la chose,
De son salut le manche ardemment occupé,
Voulut qu'on séparât sa cause
De celle de l'acier, principal inculpé.

Déjà tous les jurés, ne sachant que résoudre,
    Penchaient cependant à l'absoudre ;
    Lorsque l'acier, tant bien que mal,
    Tint ce discours au tribunal :
« Messieurs, point de pitié pour ce manche hypocrite !
    Infligez-lui la peine qu'il mérite.
Lui qui si lâchement m'abandonne aujourd'hui,
Dans le chemin du crime il m'a toujours conduit.
Sans lui, peut-être encor réduit à l'impuissance,
Je passerais mes jours au sein de l'innocence.
Puisqu'il est, pour le moins, aussi fautif que moi,
Nous devons tous les deux subir la même loi.

L'ALOUETTE ET LE ROSSIGNOL.

L'alouette, un beau jour, rencontrant Philomèle :
« Les oiseaux, par ma foi, sont bien fous, lui dit-elle
» A mes savants accords préférer vos chansons !
    » Où, diantre, ont-ils pris des leçons ?
» Quand on connaît si peu les lois de la musique,
» On ne devrait jamais se mêler de critique. »
Le rossignol piqué d'un si sanglant affront :
« Voulez-vous, lui dit-il, pour arrêter nos titres,
    » Prendre les hommes pour arbitres ?
» — Oui, dit l'autre : on verra ce qu'ils décideront. »
Les humains appelés tout d'abord entendirent
Le chantre des bosquets, aux merveilleux accents,

Tantôt vifs et pressés, et tantôt languissants ;
  Et de bon cœur ils applaudirent.
L'alouette elle-même avoua que parfois
Ce n'était pas trop mal pour un oiseau des bois.
« Mais attendez un peu qu'à mon tour je m'y mette !
» Voyons ; attention ! je serai bientôt prête.
» Messieurs, écoutez bien ; m'y voici maintenant. »
  Disant ces mots, elle prend sa volée,
  Et dans les airs disparaît en tournant,
   Droit au-dessus de l'assemblée.
   Déjà depuis quelques instants
   Les yeux de tous les assistants
S'efforçaient, mais en vain, de retrouver sa trace
   Dans l'espace ;
  Lorsque l'un deux s'écria tout à coup :
J'ignore si ma vue en est ici la cause ;
  Mais certes, ni peu, ni beaucoup,
  Je ne vois pas la moindre chose.
— Ma foi, ni moi non plus ne vois et n'entends rien,
  Dit une seconde personne.
Cependant, grâce au ciel ! j'ai l'oreille assez bonne ;
Et Dieu sait si j'écoute et je regarde bien !
Une autre qui sondait avec soin l'étendue
En dit autant ; et, certe, aucune n'avait tort.
Car, après avoir pris tout à coup son essor,
L'alouette si haut ne s'était suspendue
  Que pour être à peine entendue.

  On prétend qu'il est des auteurs
Qui de cette alouette imitant la conduite,
  Ne se perdent dans les hauteurs
Qu'afin d'y dérober leur incertain mérite,

LE CHARANÇON, LE LIMAÇON ET LE RAT.

S'il faut s'en rapporter aux *on dit* de l'histoire,
        Jadis aux bords de la Mer Noire
        Vivait tout près d'un charançon
            Un limaçon.
Ce n'est pas tout ; logé sur les mêmes rivages
        Un certain bonhomme de rat
        Complétait le triumvirat.
    Nul avec eux n'habitait ces parages.
Hélas ! la solitude est la sœur du trépas ;
Il faut, autant qu'on peut, vivre ensemble ici-bas.
Nos trois maîtres-nigauds le savaient à merveille ;
Mais comme ils entendaient fort peu de cette oreille,
        Ces triples sots ne se fréquentaient pas.
        Las cependant d'une telle existence,
        Le charançon se hasarde un matin,
Etant le plus petit, d'aller chez son voisin
        Et de lui faire une première avance.
« Qui frappe-là ? — C'est moi. — Qui moi ? — Le charançon,
Qui viens pour saluer le seigneur Limaçon.
— Et que me voulez-vous ? — Vous rendre une visite.
— Une visite ! à moi ? je vous trouve étonnant :
Allez ronger vos blés, petit impertinent ;
Ou je vous fais d'ici déloger au plus vite.
        En vérité, ces charançons
Vous ont du savoir-vivre autant que des maçons ! »
        On se le tint pour dit. Sur l'heure

Le charançon confus regagna sa demeure,
  Prenant tous les dieux pour garants
  Qu'il n'aurait plus affaire aux grands.
A quelque temps de là, notre orgueilleux ermite
S'ennuyant à son tour d'être seul en son gîte,
Plus fier qu'un député qu'on élève au sénat,
D'un pas de magister alla trouver le rat :
— Qui frappe?—Moi.—Qui moi?—Le marquis de Limace,
Le dernier rejeton de cette illustre race.
— Bien! bien! Que voulez-vous, monsieur le limaçon ?
  — Je viens à Votre Seigneurie
  Rendre visite sans façon.
  — A moi ! depuis quand, je vous prie,
Petit mangeur de choux, me suis-je encanaillé ?
Allez ! allez trouver quelque déguenillé
  Chez les bestioles vos pareilles ;
Mais ne me rompez plus de cela les oreilles. »
Qui se le tint pour dit ? ce fut notre orgueilleux
  Qui rentra chez lui tout honteux.

On dit que bien des gens, au fond de l'Angleterre,
Ont de ces animaux le triste caractère.
  On ose même, je le sais,
Prétendre qu'il s'en trouve aussi chez les Français.

LES PIGEONS, LE MILAN ET LE FAUCON

Un milan aux pigeons faisait si rude guerre,
Qu'il les eût plumés tous, si l'on n'eût à ce train
Pensé de mettre un frein.
Les députés de la gent pigeonnière
Allèrent donc en tous pays volant
Pour trouver un héros et fort et vigilant
Qui défît au besoin Monseigneur le milan.
Le faucon fut choisi pour remplir cet office.
Lui, d'abord de Tibère imitant l'artifice,
Refusa tout net son service.
Puis, se laissant à la longue attendrir
Il accepta l'honneur qu'on lui venait offrir.
Mais à peine Sa Seigneurie,
Laquelle était encore à jeun,
Vint-elle, que pigeons virent sa fourberie;
L'allié les croqua, n'en épargnant aucun.

Ils apprirent ainsi, mais trop tard, à connaître
Qu'appeler un sauveur, c'est appeler un maître.

L'ARAIGNÉE ET LA GIROUETTE.

Une· jeune araignée excellente ouvrière,
Mais un peu fière,
Et qui de ses filets tremblants
Eût rougi d'honorer quelque pauvre chaumière,
Alla dans un palais produire ses talents.
Mais, Dieu sait ! comme on lui fit fête !
A peine sa toile était prête,
Qu'un balai, de l'office accourant au grand trot,
Enleva l'ouvrage aussitôt.
L'insecte cependant doué de patience,
Dans un autre coin recommence.
Mais, à chaque nouvel essai,
Toujours nouveau coup de balai.
Indignée à la fin d'un si sanglant outrage,
Ma bête du premier monte au second étage
Et de là tout droit au grenier
Où les balais régnaient aussi bien qu'au premier.
Comme on nuisait partout au travail de ses pattes,
Il fallut sur les toits établir ses pénates.
Le temps étant fort beau, la dame en profita
Pour chercher quelque endroit pour déployer sa tente.
Pendant que sur les toits elle errait mécontente,
Une girouette l'arrêta.
— Où courez-vous ainsi, la belle ?
— Je suis artiste, lui dit-elle ;
Et je viens de là-bas ; de chez des insolents

Qui, loin de protéger mon art et mes talents,
     Me traitant d'animal immonde,
     M'ont sans pitié ni sans délai,
     Fait mettre aujourd'hui par leur monde
     Dehors à grands coups de balai.
— C'est mal. Mais voulez-vous finir votre odyssée ?
Attachez-vous à moi, je suis très haut placée.
Dieu merci ! je n'ai pas un esprit querelleur,
Et je sais les égards dus à votre malheur.
Vous jouirez ici d'un coup d'œil magnifique ;
N'aurez à redouter maître ni domestique,
     Ni les balais de la maison ;
Et vous attraperez des mouches à foison.
Acceptez-vous ? — Oui. — Bon ! et foin de la vergogne !
L'araignée aussitôt se mit à la besogne
De crainte de manquer l'heure de son dîner.
Mais son travail à peine était-il terminé,
Que la bise accourut et, soufflant avec rage,
Fit tourner la girouette et détruisit l'ouvrage.
Une seconde toile est ourdie à l'instant ;
Mais dame bise vient de nouveau l'interrompre ;
     Nouvelle toile et nouveau coup de vent ;
Girouette de tourner et toile de se rompre.
Lasse enfin d'amuser Eole à ses dépens :
Je vois qu'il faut encor déloger de céans,
Dit l'araignée ; eh bien, délogeons au plus vite.
Adieu, belle girouette ; il faut que je vous quitte ;
Mon cœur de tous vos soins garde le souvenir ;
     Mais à quelqu'un qui, pendant la tempête,
     Au gré des vents abandonne sa tête,
Je me garderai bien désormais de m'unir.

D'ailleurs, foin des palais où jamais on ne goûte
    Ni bonheur ni tranquillité !
Et du diable, ma foi, si désormais j'écoute
    Les conseils de la vanité !

LE CHIEN ENRAGÉ.

Un homme avait un chien auprès de qui Cerbère,
    Eût pu s'instruire en son métier.
    C'était la terreur du quartier,
Tant il était la nuit vigilant et sévère !
Le bonhomme autrefois des voleurs maltraité,
Voyait, grâce à son chien, son verger respecté,
    Sa vigne intacte et sa récolte entière.
    Mais de voisins qui depuis très longtemps
    Avaient appris à vivre à ses dépens,
    Tant de vertu ne faisait point l'affaire.
Or, pour que son devoir fût si peu négligé,
Ce chien évidemment devait être enragé ;
    Rien de plus clair. Dans tout le voisinage
Il fut certain bientôt que Turc avait la rage.
Le maire instruit du fait, on parut devant lui,
Pour le procès de Turc : — Çà, procédons par ordre,
Dit le maire. Voyons ; vos preuves à l'appui ?
   — Il a mordu nos chiens et nous a failli mordre.
   — Il suffit ; je vous vois justement alarmés.

Ce chien-là doit périr ; mais comme aussi les vôtres,
Ayant été mordus, peuvent en mordre d'autres,
J'entends qu'à l'instant-même ils soient tous assommés

Le méchant se croit fin, alors que sa malice
Forme presque toujours son unique savoir.
Comme il faut tôt ou tard qu'un fourbe se trahisse,
La meilleure finesse est de n'en pas avoir.

LE LOUP QUI ÉCHOUE ET LE LOUP QUI RÉUSSIT.

Un loup, remuant personnage,
Et qui passa dès son jeune âge
Pour le sire le plus glouton
Qu'on pût trouver dans le canton,
Résolut, par un coup d'audace,
D'illustrer lui-même et sa race.
A cet effet, il forma le dessein
D'enlever au lion le royal diadême ;
Après quoi, pour fruit du larcin,
Il devait le ceindre lui-même.
Le projet était beau sinon fort délicat ;
Mais la morale aux loups fut toujours lettre close ;
Du reste, l'on prétend que plus d'un avocat
Envers et contre tous aurait plaidé sa cause.
Notre sire pouvait donc bien,
Quoique fieffé larron, s'estimer loup de bien.

Le sort aux scélérats n'est pas toujours propice.
  Et quoique plus d'un réussisse,
    On en voit échouer plus d'un ;
  Sans pour cela que le fait soit commun.
Or, le nôtre échoua par défaut de prudence.
Dès qu'on sut son échec dans les bois d'alentour,
    Ce fut à qui ferait sa cour
    Au lion, ainsi qu'on le pense.
Quant au conspirateur, chacun tomba d'accord
Que c'était un coquin qui méritait la mort.
Aussi, sur l'ordre exprès de quelques bons apôtres,
  Le pendit-on pour l'exemple des autres.
  Deux mois après, un loup moins maladroit
  Forme un complot, réussit à merveille,
    Et, simple gueux encor la veille,
    Le lendemain s'érige en roi.
Dieu sait alors combien on vanta son courage !
Ses rares qualités ! ses vertus d'un autre âge !
    Evidemment, il semblait être né
    Pour que l'Etat fût par lui gouverné !

Ainsi même conduite est absoute ou honnie
Selon que du destin on soutient les assauts ;
Et le succès toujours enfante le génie
Alors que les revers n'engendrent que des sots.

LES VICES ET LE CHATIMENT.

Les vices, un beau jour, avec leur suite immonde,
    Couraient de l'un à l'autre monde,
    Et faisaient un vacarme affreux.
    Tout dépérissait devant eux.
Les serpents qu'ils semaient annonçaient leur passage
Et leur souffle égalait les fureurs de l'orage.
    Comme à grand bruit ils triomphaient,
Se délectant les yeux au mal qu'ils avaient fait,
    De loin ils virent sur la route
    Tout-à-coup paraître un vieillard
    Dont le dos se courbait en voûte
Et qui, lançant sur eux un terrible regard,
Leur cria d'une voix à les mettre en déroute :
« Ah ! mes drôles fieffés, vous me croyiez sans doute
Aveugle, complaisant, débonnaire, couard,
Et pensiez que pour vous je n'étais point à craindre.
Il faut vous détromper ; je suis le Châtiment;
    Et, quoique marchant lentement,
    Je saurai toujours vous atteindre. »

LE JEUNE RAT.

Un rat voulant se mettre en son petit ménage...
Il venait de conclure un très-beau mariage
Avec une souris fort riche et de son choix,
Dont la dot s'élevait à quatre ou cinq cents noix,
    A prendre chez le voisin Pierre.
Ce n'était, certes, point un apport ordinaire.
Mais le père du rat, moraliste pointu,
Qui préférait encore à l'argent la vertu,
    Comme si ce goût incommode
    Etait de nos jours à la mode !
    Avait prévenu son petit
    Qu'il ne goûtait point ce parti,
    Parce que, dans le voisinage,
    Sur la future on débitait
    Certain bruit qui s'accréditait
    Et qui lui donnait de l'ombrage.
On prétendait, (ceci doit rester entre nous)
Que, séduite au moyen d'un morceau de fromage,
    Notre souris du mariage
    Avait pris quelques avant-goûts.
Moi-même fort longtemps l'ai cru ; mais dans la suite
    J'ai su que toute sa conduite
    Fut, pour ce qui tient à cela,
    Irréprochable jusque-là....
Bon ! me voici bien loin de ma phrase première.
Je disais donc qu'un rat, en fouillant des débris

Pour s'y mettre avec sa souris,
Découvrit un morceau de verre.
Pour lui qui n'était lapidaire
Pas plus que moi qui m'y trompe aisément ,
Il prit l'objet pour un beau diamant
Et l'enferma soigneusement.
A quelque temps de là, mon rat chez un libraire
S'étant rendu de grand matin,
Lut, en rongeant un exemplaire
D'un ouvrage écrit en latin,
Cet adage banal d'assez pédante allure :
« La meule de l'adversité
» Est l'éprouvette la plus sûre
» Du diamant de la fidélité. »
Exerçant aussitôt sa petite jugeotte :
« Ah ! dit-il, qu'on s'instruit aux livres qu'on grignotte !
Et que ce bouquin parle d'or !
Un trésor incertain ce n'est pas un trésor.
Aussi vais-je bien vite appliquer cet adage
Au diamant trouvé lors de mon mariage. »
Cela dit, il s'en va déterrer le bijou ;
Puis, le frottant sur un caillou,
Lui fait perdre à l'instant sa clarté primitive.

L'épreuve fut, dit-on, pour le rat instructive.
Pour moi, je n'en userai point
Envers mes amis, si j'en trouve.
Je veux les croire vrais, sans autre ; et sur ce point,
Bien fou, ma foi, qui les éprouve !

LE DÉSORDRE.

Connaissez-vous un personnage
Dont voici l'histoire en deux mots ?
On le dit d'un ancien lignage,
Enfant du vice et du chaos.
Il se lève avec l'abondance ;
Déjeûne avec la volupté ;
Soupe avec la médiocrité ;
Puis se couche avec l'indigence.
Si quelque lecteur oublieux
A perdu le nom du bonhomme,
Je puis le mettre sous ses yeux :
C'est le Désordre qu'il se nomme.

LE RENARD ET LE LOUP.

Saint-Renard un beau jour se mit
En tête de faire un voyage.
Peu de volaille au sac, mais fort bon appétit,
Tel était alors son bagage.
Il voyageait de nuit pour plus de sûreté ;
Car le moindre chemin de jour est infesté

D'animaux malfaisants à deux pieds et sans plume,
Qui de fêter mon saint ont assez peu coutume.
Arrivé près d'un lieu qu'il savait contenir
Poules, faisans, canards et mainte autre volaille.
Sachant ce qu'il pouvait par douceur obtenir, .
Le galant résolut de leur livrer bataille.
Déjà la place avait subi plus d'un assaut,
Lorsqu'un loup qui par là faisait aussi sa ronde
    Vint à hurler ; mon renard aussitôt
    Pique des deux sans perdre une seconde.
Car notre sire était, comme le sont beaucoup,
Terrible envers la poule et lâche auprès du loup. '

LES DEUX PAPILLONS.

Un papillon marquis, des plus emmarquisés,
    Dont les parchemins bien en règle
    Dormaient au greffe déposés,
Se croyait, pour le moins, le descendant d'un aigle.
Et de quel aigle encor ! de celui de Jupin.
Aussi quand parcourant l'empire florentin,
Messer de Papillon en courtisait les belles....
Ou plutôt, pour parler moins poétiquement,
    Mais plus intelligiblement,
Lorsque notre marquis, léger comme ses ailes,
    Promenait sans ménagement

De fleur en fleur ses amours infidèles,
Ne manquait-il jamais de proclamer bien haut
    Les secrets de son origine
      Presque divine.
« Quoi ! c'est pour vos ayeux des aigles qu'il nous faut ?
Lui dit, un jour, surpris d'une telle imposture,
Un des siens jusqu'au cou plongé dans la roture.
« Des aigles ! diantre, ami ; pourquoi pour vos ayeux
N'avez-vous aussi bien pris de suite des dieux ?
Il n'en coûtait pas plus ! Allez ! pauvre imbécile,
Vous n'êtes, comme moi, que l'enfant d'un reptile.
La chenille en mourant vous a donné le jour ;
Et vous redeviendrez chenille à votre tour.
— « Allons donc ! vous rêvez ; jamais dans ma famille
    Il ne s'est glissé de chenille,
Répondit le marquis. Il se peut que chez vous
On en compte à foison ; je n'y veux contredire ;
Mais aussi, grâce au ciel ! est-il, mon petit sire,
    Quelque différence entre nous. »
Le papillon bourgeois voyant qu'en son délire
Le marquis persistait, s'en alla sans mot dire ;
J'entends sans plus répondre à l'interlocuteur.
Car, dès qu'il l'eût quitté : — « Bon Dieu ! quel radoteur !
    Comme il en tient ! dit-il. Mais à tout prendre,
Cette façon d'agir doit-elle me surprendre ?
N'en est-il pas beaucoup, et des plus orgueilleux,
Qui, suivant du marquis en tous points la conduite,
S'en iraient reniant leurs ayeux au plus vite,
    S'ils les connaissaient un peu mieux ? »

PROMÉTHEE.

Quand Prométhée eut formé le dessein
De créer l'homme, il mit dans un bassin
  Un peu de poussière et de fange ;
Qu'il pétrit, repétrit, façonna de son mieux ;
  Puis dérobant une étincelle aux cieux,
  Il anima ce singulier mélange.
  Depuis ce temps l'homme a fait son chemin.
    Seulement, un fait nous étonne ;
C'est que dans la fortune échue au genre humain,
La mauvaise toujours l'emporte sur la bonne.
Partout, chez les manants, les nobles et les rois,
On rit une semaine et l'on pleure des mois.
D'un destin si fâcheux voici tout le mystère :
    Quand le demi-dieu nous créa,
    C'est dans ses pleurs qu'il délaya
La fange dont il fit notre premier grand'père.

LE MERLE ET LE ROSSIGNOL.

Un merle rempli de malice
Offrit un jour d'entrer en lice
Contre le roi du chant, le tendre rossignol,
Disant qu'il le battrait en bécarre, en bémol.
La gageure acceptée, au milieu d'un bocage
On convoque en aréopage
Avec tous les pinsons, les grives d'alentour ;
Les chardonnerets, les fauvettes,
Les passereaux, les alouettes ;
Tout ce que les oiseaux ont de plus troubadour,
Chantant la nature et l'amour ;
Gens experts s'il en fut. Quand on eut fait silence,
De sa plus douce voix Philomèle commence.
Jamais Orphée aux sombres bords,
Pour se rendre Pluton propice
Et sauver sa chère Eurydice,
Ne tira de son cœur de plus touchants accords.
Aussi vit-on bientôt, qu'aux yeux de l'auditoire,
Le pauvre merle infatué,
Bien loin d'espérer la victoire,
N'avait qu'à prendre garde à n'être pas hué.
Cependant le gascon, loin de perdre courage,
Laissant là le printemps, la nature et l'amour
Que l'autre avait chantés, entreprit sans détour
De louer les talents du docte aéropage.
Là, selon lui, le moindre personnage,

Depuis le passereau jusqu'à l'humble pinson,
Etait une merveille, un second Apollon.
Ce début charma fort, ainsi qu'on le peut croire ;
Et comme, en pareil cas, le triomphe est certain,
Quand il fallut donner le prix de la victoire,
Eh ! mon Dieu ! oui ; ce fut le merle qui l'obtint.

LE CHAT DU ROI GUILLAUME.

Le Roi Guillaume avait jadis un chat
Fort plaisamment nommé Lèche-à-tout-plat.
Comme il aimait ses tours pleins de souplesse
Il le comblait de soins et de tendresse ;
Et l'animal, d'un tel accueil flatté,
Le lui rendait en amabilité.
Un jour pourtant un cousin de Guillaume,
Chef, comme lui, d'un important royaume,
Et dès longtemps son meilleur allié,
Manifestant l'envie extravagante
De posséder cette bête charmante,
Lèche-à-tout-plat lui fut expédie.
   Huit jours après, le roi son premier maître,
De ses Etats expulsé par un traître,
Chez son cousin s'étant réfugié,
Lèche-à-tout-plat en le voyant paraître
Ne lui dit mot ; il l'avait oublié !

De ce trait-là que faut-il que l'on pense ?
Messieurs les rois aux flatteurs complaisants,
Le chat s'attache à qui remplit sa panse.
C'est tout-à-fait comme vos courtisans.

LE SERPENT ET LES LAPINS.

Avant que le serpent détesté de chacun
    Ne fût réduit à vivre solitaire,
    Certain d'entre eux habitait en commun
Avec quelques lapins enfouis sous la terre
      Auxquels le drôle avait su plaire.
      On vécut ainsi tout d'abord
      Au sein d'un fraternel accord ;
Couchant au même lit, mangeant à même table ;
Et jouissant enfin d'un bonheur véritable ;
      Chose dont Monsieur le serpent
      N'était pas tout-à-fait content ;
Car le drôle n'aimait à faire sa cuisine
      Qu'au feu de la guerre intestine.
Aussi fit-il bientôt jouer tant de ressorts,
      Siffla-t-il tant de faux rapports,
Que le peuple lapin autrefois si tranquille,
      Grâce à ce perfide reptile,
Vit régner le discord dans la garenne en deuil.
On ne s'abordait plus que la menace à l'œil,
La griffe en l'air et la dent prête à mordre.

En un mot, c'était un désordre
A dérouter les plus retors.
Mais après quelques jours de querelle acharnée,
Les deux partis lapins reconnnaissant leurs torts,
Aux souterrains pays la paix est ramenée.
Chacun alors en regrets se confond ;
On s'interroge, on s'étonne, on s'explique ;
Et de ce conflit diabolique
Chacun veut connaître le fond.
On trouve ainsi l'auteur de la discorde ;
L'enquête ayant rendu ses méfaits évidents,
On le condamne ; et sans miséricorde
On l'expédie à coups de dents.

Que ne peut-on de leurs mérites
Récompenser toujours ainsi les hypocrites !

Le LION et la PANTHÈRE usant de REPRÉSAILLES.

Deux de ces malfaiteurs qu'on nomme des héros,
Sur deux pays voisins régnaient jadis en maîtres.
Ce n'étaient pas de simples hobereaux
Comme on en vit au temps de nos ancêtres ;
L'un, qu'on traitait partout de Majesté,
Etait un gros lion plein de brutalité ;
L'autre, qui n'occupait que le rang des panthères,

N'en avait pas moins sur ses terres
Aux droits régaliens un titre incontesté,
    Bien qu'on ne l'appelât qu'Altesse.
Au demeurant, gredin, dans son espèce
Autant que le lion que je viens d'esquisser.
    Le tout sans vouloir les blesser.
Vous jugez ce qu'entre eux était le voisinage !
    Car, en dépit du cousinage,
    On sait que monarques voisins
    Sont assez rarement cousins.
    Les nôtres qui ne l'étaient guère,
Tout justement alors s'apprêtaient à la guerre.
Le lion convoitant la grotte d'un chacal
    Intime ami de la panthère,
    N'attendait plus qu'un prétexte légal
    Pour faire éclater sa colère.
    Le prétexte ne venant point,
    Notre sire expert en grabuge,
    Vole à la grotte, se l'adjuge ;
    Et voilà tout le subterfuge
    Pour qu'un prétexte vienne à point.
Devant cette action d'héroïque industrie :
« Jour de Dieu ! s'écria la panthère en furie.
Dépouiller mon chacal ! mais attendez ; sous peu
    Notre cousin verra beau jeu ! »
Il faut que vous sachiez qu'au temps de cette histoire,
En vassal du lion, sans bruit et sans éclat,
    Un pauvre bouc mettait sa gloire
A faire le bonheur de son petit Etat.
    Vous conviendrez que telle extravagance
    Méritait bien qu'on en tirât vengeance.

Depuis longtemps déjà la panthère exécrait
      Ce principicule imbécile,
      Dont la grotte servait d'asile
Aux gazelles qu'alors son Altesse effarait.
      Bien des fois la terrible bête
Avait déjà voulu punir ce trouble-fête.
      Mais s'attaquer aux favoris des rois,
      Le plus malin y regarde à deux fois.
Cependant lorsqu'on a l'honneur d'être panthère,
Qu'on a le sang bouillant, l'œil vif et l'ongle prompt,
      On n'est pas trop de caractère
      A dévorer le moindre affront.
Se mettre ouvertement en état de rupture
      Avec le larron couronné
La dame n'en voulut pas tenter l'aventure,
Car le sire était fort et très déterminé.
      L'Altesse alors s'érigeant en franc-juge
Et du fait accompli sachant tout le succès,
Vole à l'antre du bouc, l'en chasse, et se l'adjuge
      Sans autre forme de procès.

Vous voyez qu'en tout temps on a dit sur le trône :
Ah ! vous prenez Bologne ! eh bien ! je prends Ancône

———

LE MOUTON ET LE BUISSON.

Pendant que Jean Mouton broutait dans la prairie,
    Survint un loup. Il fallut se cacher
    Ou consentir à se voir accrocher
      Au croc de la bête en furie.
Quand de cette manière un problème est posé,
      Le résoudre est toujours aisé.
Aussi notre ami Jean, coureur agile,
S'en alla-t-il bien vite, et sans le trompetter,
Dans un buisson touffu se chercher un asile,
Près duquel le larron passa sans s'arrêter.
Dès que le loup fut loin, Jean quitta sa retraite ;
      Mais Dieu sait comme il en sortit !
      Les buissons ne font point crédit.
Il fallut qu'à l'instant Jean payât sa cachette
      De la moitié de sa toison ;
Et que, tout stupéfait, il gagnât la maison.

Buissons ! buissons ! toujours avides d'honoraires,
Combien de temps encor de vos frais usuraires
Rendrez-vous, dites-moi, les moutons tributaires ?
Sans les tondre aux trois quarts, jamais ne saurez-vous
      Les protéger contre les loups ?

L'ÉCUREUIL.

Compère Alerte, écureuil d'origine,
　　Venait d'établir sa cuisine
　　Dans l'un de ces engins tournants
Qui sont presque toujours à leur cage attenants.
Là notre écervelé qui jamais de sa vie
　　N'avait fait une œuvre suivie,
Tout-à-coup pour l'étude épris d'un bel amour,
Se mit à ruminer science tout le jour.
Un matin qu'il rêvait accroupi dans sa cage
« Voyons, dit-il ; d'après le dernier mesurage,
La terre a tant de pas, ma demeure en a tant ;
En faisant tant de tours, si j'en ajoute autant,
Je pourrai dans une heure achever le voyage
Pour lequel le soleil reste bien davantage. »
Tout fort qu'il se croyait, il ne se doutait pas
　　Que l'astre ménage ses pas,
Depuis que Josué l'arrêta dans sa course.
Bref, après avoir mis quelques noix dans sa bourse,
　　On pense assez dans quel dessein,
　　Dans l'espace il se lance enfin.
　　Quatre ou cinq mille fois à peine
Il avait fait le tour depuis qu'il s'escrimait,
Que déjà mon savant s'arrêtait hors d'haleine,
　　Suait, soufflait, s'arrêtait, reprenait.
　　Lorsque madame Belette,
　　Qui venait de faire emplette

De son repas pour le soir,
En passant vint à le voir.
« Que faites-vous là, compère,
Dans votre nouveau logis ?
— Ah ! laissez-moi, ménagère,
Mes instants ont trop de prix.
Une minute encor, peut-être une seconde,
Et j'achève le tour du monde !

Que j'en ai vu des gens ainsi se trémousser,
Qui toujours remuants ne font œuvre qui vaille !
A tourner et tourner, que sert-il qu'on travaille
Si ce n'est pas pour avancer ?

L'ANE ET LE SANGLIER.

Un jour messire Aliboron
(D'Asinus ce jour-là c'était, je crois, la fête)
Ayant en son honneur brouté trop de chardon,
Avait assez mauvaise tête.
C'est pourtant d'habitude une excellente bête.
Comme il retournait au logis,
Il aperçut dans un taillis
Sanglier l'irascible. En son humeur joyeuse,
Bien loin d'en éviter la rencontre fâcheuse,
Voilà maître baudet le daubant de son mieux.

Le citoyen des bois est d'abord furieux
Contre le sot qui lui cherche chicane.
  Mais, calmant bientôt son transport : .
« Ce que sur moi, dit-il, peut débiter un âne
 » Ne me fera jamais grand tort. »

LA JEUNE POULE ET L'ÉCUREUIL.

Une poule assez jeune et novice au métier,
(Il est vrai qu'elle était encore demoiselle)
Découvrit, un beau jour, sur les bords d'un sentier
  Une noix saine autant que belle.
La prendre dans son bec et l'emporter au loin,
De crainte que ses sœurs lui servissent d'escorte,
Fut fait en un instant ; il n'était pas besoin
D'avoir pondu des œufs pour agir de la sorte.
Mais, cet écueil tourné, bientôt un autre cas
Plongea notre poulette en nouvel embarras.
  Ce n'est pas tout que de savoir comprendre
Qu'il faut sauver la noix qu'on s'apprête à nous prendre.
  Il faut encore avoir des dents
Pour briser la coquille et manger le dedans.
Or, pour mêler un peu de latin dans l'affaire,
Unguibus et rostro notre bête eut beau faire,
Elle perdit son temps à vouloir l'entamer ;
Comme beaucoup d'auteurs le perdent à rimer.

D'une poule d'expérience
Elle eût, en cette circonstance,
Pu tirer quelques bons conseils.
Mais, de même que nous, jamais en leurs pareils
Ces gens de basse-cour n'ont eu de confiance.
Dame poulette aima donc mieux
Consulter, tout près de ces lieux,
Certain homme d'affaire, écureuil de naissance,
Légiste de village et qui, dans plus d'un cas,
Aurait embarrassé bon nombre d'avocats ;
Rusé dont, en un mot,   cent pas à la ronde
On admirait la finesse profonde.
Maître Écureuil d'abord s'assure de la noix.
Puis, après un discours... discours de pacotille,
Comme au Palais on en fait... quelquefois,
Il prend le fruit ; en brise la coquille ;
Ensuite, après s'être au nez de l'oiseau
Avec sa noix bien graissé le museau :
« Voilà comme on en use en semblables affaires.
» Dit-il ; et maintenant réglons mes honoraires. »

Cet animal, dit-on, fut longtemps du barreau.
Je ne l'affirme point ; mais s'il n'était, peut-être,
Pas tout à fait digne d'en être ;
Avec son aptitude à saisir tout objet,
Il eût pu hardiment en former le projet.

LE LIÈVRE.

Un lièvre fin matois, comme on en voit fort peu ,
    Lisant, un jour, en certain lieu ,
    (C'était au moins , je m'imagine
    Dans son Buffon ou dans son Pline)
Que le lion du coq craignait beaucoup les cris :
— Ah! parbleu! se dit-il , je ne suis plus surpris ,
Si l'âme du lion par la peur est atteinte ,
Que l'aboiement du chien me cause tant de crainte.

Ce lièvre-là, pour sûr, n'était pas bourguignon ;
Bien qu'on ait recueilli son propos en Bourgogne ;
Car, pour être à ce point vaniteux compagnon,
Il faut avoir rongé bien des choux en Gascogne.

LE DINDON ET LES PETITS OISEAUX.

Un dindon sur sa table ayant placé du grain ,
    Vit accourir tout un essaim
D'oiseaux qui près de lui sans façon s'installèrent,
    Et de bon appétit mangèrent.
Je les aurais chassés ; mais lui s'en garda bien ,
Se plaisant à les voir piller ainsi son bien.

« Par ma foi, je dois être un dindon respectable
Pour que ces gourmets-là se placent à ma table,
Se dit-il, car enfin . dans leurs nombreux festins
Ils n'ont jamais daigné visiter mes voisins. »
Cette réflexion modeste autant que sage,
De son bec lui ravit probablement l'usage ;
      Car le pauvret n'engloutit pas
      Dix grains pendant tout le repas.
Mais, certe, il n'en fut pas de même en ce qui touche
L'essaim qui prit la fuite après s'être repu
      Du mieux qu'il put ,
Et sans laisser de quoi régaler une mouche.
      « Ingrats ! leur cria le dindon ;
Eh quoi ! vous me laissez ainsi dans l'abandon !
— L'ami, lui dit un coq qui venait de l'entendre ,
Si ces façons d'agir ont lieu de vous surprendre ,
Les oiseaux, je le vois, vous sont bien peu connus.
      C'est pour le grain'qu'ils sont venus ;
      Et non point pour vous rendre hommage.
Soyez donc plus modeste et vous serez plus sage.

LES LUNETTES.

Le Seigneur Jupiter en créant les humains
      Leur mit deux lunettes en mains:
« Gardez-vous, leur dit-il, de perdre l'une ou l'autre !
Celle-ci vous fait voir le défaut des voisins ;

Celle-là vous montre le vôtre.
Vous pouvez ainsi sans danger
Facilement vous diriger.
Adieu ! de ce présent faites un bon usage ;
Et que chacun de vous , mes enfants , soit bien sage. »
Là-dessus prenant congé d'eux ,
Il s'en retourne dans les cieux.
A quelques mois de là , visitant son domaine ,
Le bon Jupin voulut revoir l'espèce humaine.
« Qu'est ceci ? dit le dieu ; chacun n'a devant lui
Que la lunette pour autrui !
Parlez ; qu'avez-vous fait de l'autre pour vous-même ?
Cet objet , je le gage, est aujourd'hui perdu.
— Pardonnez! votre erreur là-dessus est extrême ,
Fut-il à Jupiter aussitôt répondu.
L'instrument qui nous vaut un injuste reproche ,
Nous l'avons tous... dans notre poche.

L'HIPPOPOTAME ET LE RENARD.

L'un de ces gros lourdauds en bêtise titrés
Qui s'en vont pesamment, dans la graisse empêtrés.
Traîner cahin-caha leur Altesse endormie,
L'un des natifs enfin de l'Hippopotamie,
Un jour, dans un voyage en incidents fécond ,
Arriva sur les bords d'un gouffre très profond.

Il s'agissait pour lui de franchir cet obstacle
        Sans le secours d'aucun miracle ;
Et c'eût été, je crois, un prodige vraiment,
S'il avait pu passer sur une planche étroite,
Qui de la rive gauche à la rive de droite
Permettait de franchir cet abîme alarmant.
Comme mon gros obtus, ne sachant trop que faire
        Le mufle au vent, ruminait son affaire,
            Arrive un renard très pressé
            Qui de la patte le salue,
            Puis sur la planche vermoulue
            S'élance et le voilà passé.
Diable! se dit alors notre épais personnage,
Ceci me remémore un fait de mon jeune âge ;
Il me souvient qu'étant avec d'autres enfants
            Au collége des éléphants
            Où j'apprenais en belle prose
            A décliner *rosa* la rose,
            On m'enseigna que le renard
Est un si fin matois, un si prudent gaillard
Qu'on peut aveuglément suivre partout ses traces.
A quoi me servirait d'avoir fini mes classes
Si je n'en savais pas appliquer les leçons ?
Puisque maître Renard sans les moindres façons
        Vient de franchir ce passage critique,
        Je puis, selon la rhéthorique,
M'en tirer comme lui sans me faire engloutir.
        Mais il eut à se repentir
D'avoir mal appliqué ses leçons du jeune âge.
Car à peine eut-il fait sur le pont un seul pas,
        Que tout s'écroule et, patatras !
Le voilà qui du gouffre entreprend le voyage.

L'ANE, LE LOUP ET LES DEUX LIÈVRES.

Deux lièvres se devaient battre
Pour une affaire d'honneur.
Les lièvres sur ce point sont des diables à quatre,
Quoi que l'on ait dit de leur peur.
Pourtant contre leur ordinaire,
Ils étaient, ce jour-là, d'humeur fort débonnaire.
Aussi chacun eut-il le soin
De se munir d'un bon témoin,
Qui se devait battre à sa place.
L'un prit un loup de belle race ;
L'autre un âne galeux à qui Martin-bâton
Avait pendant quinze ans lustré le poil, dit-on.
Mais c'était un gaillard enfant de la Garonne,
A qui toute victoire est bonne.
Bref, par un changement complet,
Hélas ! très commun en ce monde,
Car l'histoire en tels faits abonde,
Nos deux brouteurs de serpolet
Qui devaient s'égorger naguère,
Furent spectateurs de la guerre,
Tandis que leurs témoins s'en allaient de leurs jours
Pour eux interrompre le cours.
On aurait cru voir l'Angleterre....
Mais je m'allais laisser distraire
De mon sujet ;
Revenons vite à notre objet.

Or, pendant que le loup au combat se prépare,
Croyant déjà sortir vainqueur de la bagarre,
Le baudet tout-à-coup de sa plus forte voix
    Va fouiller le secret des bois.
  Maître Garou surpris de ce tonnerre,
  A détaler longtemps ne délibère,
Et notre âne aisément triompha de l'absent.

Faites beaucoup de bruit, on vous croira puissant.

LE SINGE PEINTRE.

Maître Bertrand, un jour, ayant fait un portrait,
Voulut que librement l'âne en fît la censure.
Le pauvre Aliboron ne vit dans la peinture
    Rien qui ne fût sur tous les points parfait.
Le cheval, consulté, trouva, tout au contraire,
      Que l'ouvrage était à refaire.
      Quelque auteur, sans doute, à ce mot,
      Se serait échauffé la bile.
Loin de là, notre singe essuya cet assaut
    Le mieux du monde, et refit aussitôt
      Un tableau d'un bien autre style.

      La critique d'un homme habile
      Vaut mieux que l'éloge d'un sot.

LE CHASSEUR ET L'ARBALÈTE.

Certain chasseur avait une arbalète
Qu'audessus de toute autre il plaçait hardiment
   Il n'y manquait, pour la rendre parfaite,
   Rien, selon lui, sinon quelque ornement.
   Ses plans mûris et l'affaire arrêtée,
   A Phidias l'arbalète est portée,
Afin d'être avec art sur tous les points sculptée.
Pour la centième fois signalant son ciseau,
L'ami de Périclès, qu'un peuple fanatique
      Exila plus tard de l'Attique,
Ajoute à ses chefs-d'œuvre un chef-d'œuvre nouveau.
Le chasseur enchanté du délicat ouvrage
Qui devait de son arc centupler la valeur,
Vite alla l'essayer. Jugez de la douleur
Que ressentit ce Grec plus artiste que sage !
      L'arc ayant en solidité
Perdu ce qu'il venait d'acquérir en beauté,
      Se rompit net ; et le pauvre homme
N'eut que débris payés une assez forte somme.

Un sot moins vaniteux sans peine aurait compris
Que ce qu'il faut surtout chercher dans l'arbalète,
C'est la solidité. L'art sans doute a son prix ;
Mais encore est-il bon qu'à sa place on le mette.

LA MOUCHE ET SES ENFANTS.

Une mouche rompue aux luttes de la vie,
Car elle avait au sort livré bien des combats,
Et son expérience aurait pu faire envie
    A plus d'un sage d'ici-bas,
Un jour à ses enfants, de façon doctorale,
    Donnait des leçons de morale.
« Moucherons ! moucherons ! soyez moins imprudents.
Vous voltigez, dit-elle, à l'entour des assiettes
    Pour vous disputer quelques miettes,
    Sans prendre garde aux accidents.
    A l'époque où j'avais votre âge,
    Au milieu d'un brûlant potage
    Un matin j'ai failli périr.
Et Dieu sait ce jour-là ce que j'ai dû souffrir !
Afin de ne me plus chagriner davantage,
    Petits, petits qui m'écoutez,
Promettez-moi chacun de devenir plus sage.
    N'est-ce pas, vous le promettez ?
    — Oui, oui ! s'écria la marmaille. »
A peine achevaient-ils, qu'apercevant un bol
    Et de lait chaud se promettant ripaille,
    L'un des plus âgés prend son vol,
Arrive sur les bords, perd la tête, se noie,
Et trouve la douleur quand il cherchait la joie.

Bien des gens volontiers pensent que l'on s'instruit
Des malheurs de chacun ; ce n'est pas ma croyance ;
    Car, à mes yeux, l'expérience
    Vient de nous bien plus que d'autrui.

LES DEUX CHEVAUX.

Deux chevaux que la fortune.
Pourvut de destins divers,
Dans une enceinte commune
Déjeunaient de trèfles verts.
Grâce aux bontés de son maître,
L'un en toute liberté
Pouvait flâner, boire et paître
En hiver comme en été.
L'autre à la crèche, au contraire,
Toujours de près attaché,
Du logis ne sortait guère
Que pour se rendre au marché.
Ce jour-là de l'écurie
Certain valet inexpert
Ayant, par son incurie,
Laissé le portail ouvert,
Notre pauvre cénobite
Brisant ses liens d'un coup,
Avait détallé du gîte

Criant : « A bas le licou ! »
Puis lâchant bride à sa quinte
Comme un écolier mutin,
Il avait franchi l'enceinte
Où s'ébattait son voisin.
Là, pendant qu'au camarade
Le fugitif, en deux mots
Racontait son escapade,
On vit au fond de l'enclos
Apparaître les visages
Des maîtres de nos amis :
« Çà ! vite pliez bagages,
Et que l'on rentre au logis ! »
Aussitôt sans résistance
Le coursier libre obéit ;
Mais ce fut une autre danse
Quand de l'esclave il s'agit.
« — Moi, rentrer ! nenni, mon maître.
Je suis à merveille ainsi.
En liberté je veux paître ;
Bonsoir donc ; je reste ici. »
Le tyran, sans lui répondre
Alla quérir ses valets
Que, fourche en mains, l'on vit fondre
Sur lui, le serrant de près.
Mais contre la valetaille
Il se rebiffa si fort,
Qu'il put, après la bataille,
Rester maître de son sort.

Que les despotes le sachent !
La liberté qu'ils nous cachent

N'en acquiert que plus d'attraits.
Libre on obéit sans peine ;
Esclave , on brise sa chaîne,
Et ses débris on les traîne
Bientôt d'excès en excès.

LE CHAT ET LE RAT.

Un arrière-neveu du fameux Rodilard
Ce Tamerlan des chats, fut pris à la lippée
Au moment qu'il venait, pour dernière équipée,
Sur les avoirs d'autrui de prélever sa part.
Son procès dès longtemps était fait à l'avance ;
Sa mort à ses voisins devait fournir quittance ;
  Moyennant quoi, de tout ce qu'il devait
      Pour toujours on le dégrevait.
      En attendant qu'à cette clause
      Il fît honneur, on le fourra
  Au fond d'un sac dont la gueule fut close
A l'aide d'un cordon que de près on serra.
      Puis, jusqu'au moment du supplice,
On déposa le drôle en un coin de l'office,
Là, pendant qu'il songeait à son fatal destin,
Un rat montra son nez derrière une bouteille ;
Donna dans tous les sens un coup-d'œil clandestin ;
  Tendit le cou ; mit au guet son oreille ;

5

Puis s'avança d'un pas sage et prudent,
Cherchant partout un emploi pour sa dent.
Les points-d'arrêt n'étant pas en grand nombre,
Il arriva près du chat sans encombre.
Comme il flairait le sac, une voix en sortit :
« Ayez, dit cette voix, pitié de ma misère ;
Je suis un pauvre chat qu'un pouvoir arbitraire
Veut conduire à la mort pour un simple délit.
— Vous, un chat que l'on doit conduire à la potence !
Vive Dieu ! je souscris, dit l'autre, à la sentence.
Vraiment, seigneur Raton, je plains bien votre sort
Si vous comptez sur moi pour éviter la mort.
— Ecoutez, dit le chat ; la haine vous égare ;
Je laisse en expirant un grand nombre d'amis
Qui sauront me venger d'un traitement barbare
En tuant tous les rats et toutes les souris.
Quand ma mort vous aura valu ce beau carnage,
Vous serez, n'est-ce pas, alors bien avancés ?
Ecoutez-moi plutôt, et si vous êtes sage,
Nos vœux à tous les deux pourront être exaucés.
Vous allez, en rongeant promptement quelques mailles,
Au sac qui me retient faire une ou deux entailles.
Sitôt que je serai par vous en liberté,
J'irai chez tous les chats conter cette aventure ;
Et je promets d'avance, ou mieux encor , je jure
Qu'aucun rat désormais ne sera maltraité. »
A ces mots Rongelard ému d'un tel langage,
        Modifia ses sentiments ;
Consentit à traiter, et pour unique gage
        Exigea serments sur serments.
Ceux-ci faits, il se mit aussitôt à l'ouvrage.
Dès que le sac ouvert permit au prometteur

D'abandonner sa prison cellulaire,
Il croqua son libérateur,
Au mépris des serments qu'il venait de lui faire.

Quelle moralité tirer de ce récit ?
Lecteur, cherchez un peu, car la matière abonde.
Pour moi, j'y vois les plus belles du monde ;
Mais il serait trop long de les citer ici.

LA SARCELLE ET LE PERDREAU.

Une sarcelle au début de la vie,
Cœur excellent, mais terrible étourdie,
Avec certain perdreau se lia d'amitié.
Nos deux amis n'avaient nul souci dans la tête,
Si ce n'est qu'à nouvelle fête
L'un fût tous les matins par l'autre convié.
Cet honneur revenant un jour à la sarcelle :
« Ma foi, mon ami, lui dit-elle,
Au plaisir que dans l'eau vous me voyez goûter,
J'aurais depuis longtemps voulu vous inviter ;
Mais j'attendais qu'à la nature
Le printemps eût jeté sa nouvelle parure.
Aujourd'hui que la fleur brille sur l'arbrisseau
Dont la feuille naissante ombrage ce ruisseau,
Et que le rossignol de son tendre ramage

Charme les échos du rivage ;
Dans cet aimable et frais séjour
Venez du mois de mai célébrer le retour.
    — Moi, qu'avec vous dans cette eau je m'élance !
Mais vous n'y songez point, je serai vingt fois mort
Avant que d'être à deux pieds loin du bord.
Autant pour moi vaudrait courir la chance
De traverser le Styx ou l'Achéron
Sans acquitter mon tribut à Caron.
    — O le poltron ! répondit la sarcelle ;
Regardez-moi, je ne cours nul danger ;
Et cependant de la patte et de l'aile
Pas plus que vous je n'appris à nager.
Le tout est de quitter résolument la rive ;
Le reste, après cela, tout doucement arrive.
Quand vous serez entré quatre ou cinq fois dans l'eau,
    Je gage que dans ce ruisseau
Vous voudrez près de moi rester toute la vie. »
L'autre eut beau protester qu'il n'avait nulle envie
De goûter les douceurs de l'humide élément ;
    On le pria si fortement,
    Que de céder il commit la sottise.
    A peine entré, le voilà qui s'émeut ;
    Pousse des cris, se débat comme il peut ;
    Plonge, paraît, s'affaiblit, agonise ;
Et, peu d'instants après, rend le dernier soupir
Avant que son amie ait pu le secourir.
Qu'on juge du chagrin de la pauvre sarcelle !
Il est de ces douleurs que l'on ne dépeint pas.
Lorsqu'elle eut du perdreau déploré le trépas :
« Bien fin, qui désormais m'attrapera, dit-elle,

A rendre mes amis heureux à la façon !
Mais hélas ! de quel prix j'ai payé la leçon ! »

LE CHAT, LE LOUP ET LE RENARD.

Câlin-N'y-touche et Garou-l'Affamé,
L'un chat et l'autre loup, couple très mal famé,
Venaient de contracter une intime alliance
Avec un scélérat de beaucoup d'espérance,
    Le sieur Renard, Poule-au-Croc surnommé.
    Fieffé larron comme ses acolytes ;
    Tous trois enfin de parfaits hypocrites.
        J'ignore en quel auteur j'ai lu
Que les triumvirats n'ont jamais rien valu.
    Nos triumvirs effrontés, pleins d'audace,
Suivant Octave, Antoine et Lépide à la trace,
    Tuaient, pillaient, poursuivaient sans pitié
    Les tiens, les miens, sans différence aucune.
    Le moindre objet de haine ou de rancune
Servait d'arrêt de mort aussitôt publié.
Dieu sait combien de rats, de moutons, de volailles
        Virent les tristes funérailles
D'un parent, d'un ami dans sa fleur moissonné !
Age ni sexe, rien ! l'enfant à peine né,
Assailli dans les bras de sa mère expirante,
Livrait à ses bourreaux une vie innocente.

Jamais les scélérats ne sont longtemps d'accord ;
Le méfait accompli la brouille vient d'abord.
    Parmi nos gens, le loup dans tout partage
    Se réservant toujours quelque avantage,
    Mécontenta le chat et le renard,
    Qui, lui jouant un vrai tour de pendard,
    Dans un vieux puits privé de sa margelle
    Le firent choir... par chute accidentelle.
Cela fait, le renard se dit : « Nous voici deux ;
    C'est mieux que trois ; cependant il me semble
    Que si j'avais la part des trois ensemble,
    Tout pour moi n'en irait que mieux.
    Pouvant alors vivre à mon aise
Je ne formerais plus que vertueux desseins.
    Si ma conduite autrefois fut mauvaise,
Mes deux pauvres défunts n'ont pas été des saints,
Eux seuls porteront tout. Menant un train plus sage
    Il n'en faudra pas davantage
Pour me gagner les cœurs. » Cela dit il s'en va,
    Bien décidé d'en finir au plus vite,
    Tendre un piége au sieur Chattemite
Qui, ne s'en doutant point, s'y vint prendre et creva.
    Depuis ce temps notre rusé compère
    Ne commit plus aucun forfait.
Quant aux crimes qu'au drôle on imputait naguère,
    Ses deux amis avaient tout fait.

    Malheur au parti qui succombe !
    C'est toujours sur lui que retombe
Le poids des maux causés par chaque autre parti.
Les vaincus n'ont que l'os ; au vainqueur le rôti.

LE CHIEN PARMI LES LOUPS.

Parmi des loups vivant comme de vrais pandours,
Qui plongeaient dans l'effroi la campagne et la ville,
Certain chien vagabond, expert en mauvais tours,
  Alla se chercher un asile.
Grand renfort pour les loups ; car Guillot, le berger,
  L'ayant quelque temps hébergé,
Il pouvait, connaissant très bien les lieux et l'heure
Où les moutons paissaient et rentraient en demeure,
Chez Guillot s'introduire et sur tous les bercails
Donner à nos bandits de précieux détails.
Aussi lorsqu'ils voyaient poindre quelque aventure,
  N'y manquaient-ils point, je vous jure.
Depuis, deux ans à peine ils faisaient ce métier,
Que l'on ne comptait plus, dans le pays entier,
Un troupeau qui ne fût de ce peuple corsaire
  Devenu lors le tributaire.
  Pleins de crainte pour l'avenir,
Les bergers, un beau jour, voulurent en finir.
Tous alors s'unissant et s'emparant d'une arme,
Chez les loups, à leur tour s'en vont semer l'alarme.
Hache, pioche et trident ne firent point défaut ;
  On vous les sangla comme il faut.
  Quoique dans la déconfiture
Notre chien eut déjà bien souffert quelque peu,
  Il croyait, en cette aventure,
  Tirer sa peau franche du jeu.

Mais il avait compté sans un rustre et sa gaule
Qui, d'un coup vigoureux, vous chatouilla le drôle.
— Arrêtez, cria-t-il, ami ; vous voyez bien
    Que je ne suis pas loup, mais chien.
— Il m'importe fort peu ! lui dit l'autre en colère ;
    Qu'êtes-vous ici venu faire ?
Si je me suis mépris, ma foi tant pis pour vous,
A vivre avec les loups les chiens deviennent loups.

LES DEUX RATS.

    Deux rats s'aimant d'amitié tendre,
    S'en allaient à travers pays,
    Besaces, pertes et profits,
Tout était en commun, ainsi qu'on doit l'attendre,
    De deux rats qui savent s'entendre.
Les débris de fromage et de lard et de noix
Qu'ils trouvaient ou prenaient quelquefois en maraude,
    Tout se pesait au même poids,
    Sans qu'on songeât le moins du monde à fraude ;
Comme en usaient, dit-on, les hommes d'autrefois.
Aussi, dans leurs moments de jeûne et de prière,
Le Seigneur était-il par eux félicité,
    De les avoir, dans sa bonté,
Tout exprès l'un pour l'autre envoyés sur la terre.
    Tant qu'ils n'eurent à partager

Que petits rogatons aisément partageables,
Rien à rompre la paix ne les vint engager ;
Et les serments semblaient, cette fois, nés viables.

    Mais au livre des Destins
    Il est écrit que sur terre
    Rats entre eux vivront en guerre,
    Comme entre eux font les humains.
    Aussi, lorsque d'aventure
    Nos amis firent capture,
    Dans les combles d'un donjon,
    D'un superbe œuf de pigeon,
Cet œuf que la discorde en oiseau transformée,
Pour leur perte, sans doute, avait exprès pondu,
    Fit envoler en fumée,
    Leur concorde accoutumée ;
    Paix, amour, tout fut perdu.
    Chacun voulant, pour mieux vivre,
    Ne partager... qu'avec soi,
    Coups de dents durent s'en suivre ;
    Et bien d'autres coups, ma foi.
    Tant est qu'en cette occurence
    L'on se houspilla si bien,
    Qu'on se perfora la panse
    L'un à l'autre, en moins de rien.

    Des rats telle est la méthode.
    L'égoïsme étant leur code,
    S'ils n'ont rien, parfait accord.
    Mais dès qu'entre leur tendresse
    Un gros intérêt se dresse,
    Les voilà brouillés à mort.

LE CARPILLON ET LE CANARD.

Tout près d'un carpillon alerte et frétillard,
Dans un bassin bourbeux barbottait un canard.
Comme ils n'étaient auteurs, et que pas davantage
Il n'existait entre eux le moindre parentage,
Ils vivaient tous les deux en très bon voisinage ;
S'invitant quelquefois, sans nappe et sans couverts,
En vrais amis sans gêne, à croquer quelques vers.
    Après le repas, d'ordinaire,
    Ces deux Messieurs, pour se distraire,
Philosophaient un peu, faisaient quelques récits,
Et du mieux qu'ils pouvaient, égayaient leurs esprits.
« — Ah ! qu'il me serait doux de parcourir le monde,
    S'écria Carpillon un jour.
    On n'apprend rien au fond de l'onde ;
Et c'est, je vous l'avoue, un bien triste séjour.
    Oh ! si du ciel l'implacable colère
A vivre au sein des eaux ne m'avait condamné ;
    Si je pouvais, vous suivant sur la terre,
    Fuir un instant ces lieux où je suis né ;
Quelle félicité ce serait que la mienne !
        — Ah ! parbleu ! qu'à cela ne tienne !
Répondit le canard. Si pour vous contenter
Il suffit de si peu, je puis vous assister.
Je ne suis pas d'hier, certe ; et je me fais gloire
    D'avoir vu du pays déjà.
Prenez donc votre élan ; hors de l'eau ! c'est cela.

Maintenant que votre nageoire
Enlacée à mon aile ait mon corps pour soutien.
Serrez ; n'ayez pas peur ; serrez fort ; c'est très bien.
Or çà, vite en avant, compère , et du courage.
Ce disant, tous les deux partirent en voyage.
Ils n'avaient pas fait quatre pas,
Que le carpot déjà regrettait sa demeure ;
Six pas plus loin sa dernière heure
Sonnait au cadran du trépas.
Un corbeau qui le vit, étendu sur la terre
Et se promit tout bas d'en gorger ses petits,
Dit au canard : « — Grand sot ! n'avais-tu pas appris
Que l'on se perd toujours en sortant de sa sphère ? »

LE CERF ET LE LAPIN.

Un cerf près d'un lapin — paisibles personnages —
Broutait innocemment dans de gras pâturages ;
Lorsque, pour leur malheur, un fils de Saint-Hubert
Vint près d'eux ; et voilà le couple découvert.
Aussitôt de courir ; c'étaient gens fort ingambes
Qui bien souvent déjà n'avaient dû qu'à leurs jambes
Le salut de leur tête. Hélas ! pour cette fois
La fortune à l'un deux devait être contraire.
Ils n'avaient pas le choix dans leur itinéraire ;
Derrière était la meute, et pardevant un bois.

C'est dire assez le parti qu'ils choisirent,
Et dans quel sens leurs jarrets se tendirent.
Entrés dans la forêt, le lapin se blottit
Au fond du premier trou qu'il vit sur son passage.
En vain Castor d'assez près le sentit ;
N'y pouvant mordre il en perdit courage ;
Menaça fort, disant : « Si quelqu'un sort de là,
« Palsembleu ! je le tue ! » et puis il s'en alla ;
Laissant en paix Jeannot qui put longtemps encore
Rendre ses devoirs à l'aurore.
Quant au cerf, il eut beau cent fois mettre en défaut
Sultan, Mylord, Fox et Briffaut ;
Comme il ne put, grâce à sa taille,
Suivre l'exemple du lapin,
Il lui fallut livrer bataille,
Et du vaincu bientôt subir l'affreux destin.

Au jeu du sort, comme au jeu politique,
Moins on est grand plus on est à couvert.
Ce proverbe à ces jeux s'applique
Au moins autant qu'à ceux de Saint-Hubert.

LE CHIEN ET LE MOUTON.

« Robin, mon bon Robin, crois-moi ; quitte ce lieu ;
Ou bien la mort viendra t'y surprendre sous peu.
Il n'est, depuis deux ans, de jour que je ne crie

A ces pauvres moutons : fuyez cette écurie !
Et cependant pas un n'écoutant mon conseil,
Pas un n'en est sorti pour revoir le soleil.
Toi donc, mon bon Robin, sois aujourd'hui plus sage ;
D'un ami véritable écoute le langage. »
Ainsi parlait Hylax, aux gages d'un boucher,
Au pauvre Jean Robin, car il savait d'avance
   Qu'on allait bientôt l'embrocher.
Mais il en fut, hélas ! pour ses frais d'éloquence.
Robin ne le crut pas. — « On n'osera, dit-il,
   Jamais me mettre sur le gril.
Que des autres moutons on fasse une hécatombe,
Rien de plus naturel ; je le comprends très bien.
Mais que moi Jean Robin, à mon tour je succombe,
   Je n'en crois rien. »
   Et pourtant, il achève à peine,
Que déjà dans l'étable arrive le boucher
Qui saisit mon Robin, le détache, l'emmène,
Et droit à l'abattoir le force de marcher.

— Parbleu ! me dira-t-on ; bien folle était la bête
   De se mettre ainsi dans la tête
   Qu'elle échapperait à la mort,
Quand tout l'avertissait de son funeste sort.
— Eh ! mon Dieu ! d'un Robin novice en mainte chose,
   Qui n'apprit jamais à penser,
Cette faute s'excuse aisément, je suppose,
   Et ne doit pas nous courroucer.
   Daignez donc être moins sévère
   Pour ces infortunés moutons ;
   Et réservez votre colère
   Pour nous tous qui les imitons.

LE SERPENT ET LES CIVETTES.

Au milieu d'un troupeau de paisibles civettes
       Un hideux serpent à sonnettes
       Vint de ses lares paternels
       Un beau jour dresser les autels.
       Il avait promis d'être sage
       Et d'exempter de tout ravage
Les civettes, leurs biens et ceux de leurs amis.
C'est pourquoi dans leur sein le drôle fut admis.
Plus d'un lecteur, songeant à sa scélératesse,
Croira que le serpent ne tint pas sa promesse ;
       Erreur ! ce quadruple assassin
Vécut, tout au contraire, ainsi qu'un petit saint ;
Se montrant envers tous doux, complaisant, affable,
Quelque peu dévot même, et pourtant charitable.
Enfin il fit si bien, que lorsqu'il expira,
       Petits et grands, tout le monde pleura ;
           Sauf un renard, rusé compère
           Qui connaissant tout le mystère,
           Apprit au peuple civetin
Que, par un accident, privé de son venin,
Le serpent ne fut bon que parce qu'au messire
Il était depuis lors impossible de nuire.

Belle vertu, ma foi, que celle de ces gens,
       Dont la bonté de circonstance
       N'est rien autre que l'impuissance
De se livrer à leurs mauvais penchants.

LA MARE ET LE RUISSEAU.

Près d'un ruisseau limpide et gai,
Toujours aimable, alerte, et jamais fatigué,
    Une mare, affreuse indolente,
    Logeait sa Grâce pestilente.
Tout souriait à l'un ; les amants sur ses bords
Venaient se confier leur tendre inquiétude ;
Le poète y cherchait l'heureuse solitude,
Et les prés de son onde imploraient les trésors.
L'autre pour commensaux n'avait que des grenouilles,
Des canards quelquefois, des reptiles toujours ;
A l'entour de ses bords quelques pauvres citrouilles ;
Mais de faiseurs de vers ou gens rêvant amours,
Pas plus que sur la main. Il est vrai qu'à la ronde
On eût malaisément trouvé dans le bassin
    Une odeur plus nauséabonde
Que celle que la mare exhalait de son sein.
Ma sotte qui n'avait grain de philosophie,
Gaspillait en soupirs la moitié de sa vie.
Un jour qu'elle jetait ses murmures au vent,
Un lézard qui par là cheminait en rêvant
Se sentit agacé par sa plainte importune :
    — « Eh ! bon Dieu ! qu'avez-vous, dit-il,
    A pester contre la fortune ?
    Si vous vivez comme en exil,
    Ne vous en prenez qu'à vous-même ;
    On récolte ainsi que l'on sème.

Et c'est à tort que vous vous lamentez;
Eau qui croupit, tôt corrompue.
Pour conserver ses bonnes qualités
Il faut que l'onde se remue.

LE BOUC.

Un bouc qui d'Aristote avait fait son étude,
Et qui même avait lu son Platon jusqu'au bout,
Nonobstant un travail si rude,
Ne s'enrichissait point du tout.
C'est la loi d'aujourd'hui, que les gens de mérite
Ne sachent quoi mettre en marmite.
Un philosophe austère et vrai stoïcien
En eût pris son parti ; le nôtre n'en fit rien ;
Pensant, non sans raison, que de notre besace
Si nous ne prenons point
De soin,
D'autres ne l'iront pas remplir à notre place.
Il composait alors un ouvrage important
Dans lequel il prouvait qu'à Rome et dans Athènes,
Les philosophes, par centaines,
Portaient barbe de bouc ; témoignage éclatant
Que Messieurs ses pareils, dont on médisait tant,
Malgré les envieux, devaient par leur science

Chez les bêtes partout avoir la préséance.
Pour un bouc c'était là beau sujet à traiter.
Le nôtre y fit merveille ; et, pour bien débuter,
Il en fit au lion, en forme de préface,
    Une ample et longue dédicace ;
    Dans laquelle il jura, dit-on,
    Par la barbe de son menton,
Qu'après lui qui toujours devait marcher en tête,
Le monarque était bien la plus savante bête.
On peut, ajoutait-il, sans être mon égal,
Avoir un fort beau rang dans l'empire animal...
    Et mille sottises pareilles.
Il est de certains rois, bonnes gens comme nous,
    Qui lorsqu'on froisse leurs oreilles,
    Ne se mettent guère en courroux.
Mais, quoiqu'il ne fût pas bien méchante personne,
Celui-ci n'était point d'une pâte aussi bonne.
    Moitié Titus, moitié Néron,
    De l'humeur d'Auguste environ.
Dès que de la préface il eut fait la lecture :
Çà, l'ami, lui-dit-il, vous moquez-vous de moi ?
J'aime, sachez-le bien, mieux une franche injure,
    Qu'un éloge aussi maladroit.

LE DOGUE ET LES DEUX SOURIS.

Un dogue parvenu, hargneux et malappris,
Qui possédait plus d'os que de cœur en partage,
    Fit rencontre de deux souris
Plus maigres qu'un rentier en temps d'agiotage :
    « Ah ! par mes maux laissez-vous attendrir,
Lui dit l'une des deux ; jettez-moi quelque offrande.
    — Je n'aime pas à secourir
    Le mendiant qui me demande,
Répondit le mâtin : qu'on me laisse en repos ! »
La seconde souris entendant ce propos,
Lui dit : « Mon bon seigneur, croyez que de ma vie
Je n'ai de mendier eu seulement l'envie.
    — « Eh bien, lui riposta le chien,
    Ma joie en est d'autant plus grande,
      Que je n'offre jamais rien
      A qui rien ne me demande.

Il existe, dit-on, beaucoup d'honnêtes gens
Qui de cette manière aident les indigents.

LE CHÊNE ET LE LIERRE.

Jadis, au bord d'un fleuve, un chêne séculaire
    Vivait de chacun vénéré ;
    Tandis qu'un pauvre petit lierre,
    Tout près de lui végétait ignoré.
    Se plaindre au sort de sa misère,
Est toujours, en tel cas, la plus pressante affaire.
A l'usage commun de tout temps pratiqué,
    Jugez si l'arbuste eût manqué.
Pendant que de son mieux il crie et se déchaîne,
Sa plainte parvenant aux oreilles du chêne,
L'arbre compatissant, touché de ses douleurs :
« Cher ami, lui dit-il, séchez enfin vos pleurs.
Le ciel veut qu'aux petits les grands viennent en aide ;
Je dois donc à vos maux porter un prompt remède.
Venez auprès de moi ; je prendrai soin de vous.
Vous vous élèverez aussi haut que ma tête ;
Et, quoique aux régions où règne la tempête,
Des vents et des destins vous braverez les coups. »
Notre lierre enchanté de cette offre civile,
Ne jugea pas devoir faire le difficile ;
    Et sans plus ample compliment,
    Il accepta tout bonnement.
La chose alla très bien. Jusque dans un grand âge
On fit de part et d'autre un excellent ménage.
Cependant, un printemps, alors que des ruisseaux
    La neige va grossir les eaux,

Il advint que le fleuve enrichi par leurs ondes,
      Prêt à tout ravager,
S'élança de son lit sur les plaines fécondes
      Qu'en déserts il alla changer.
Lorsque, ébranlé déjà par la vague écumante,
L'arbre vit approcher l'heure de son trépas,
Il dit au lierre : « Ami, votre sort m'épouvante ;
Ma vieillesse au courant ne résistera pas.
J'expirerai bientôt ; sauvez-vous au plus vite ;
Car je mourrais deux fois en vous voyant mourir. »
«— Quoi ! vous me proposez qu'aujourd'hui je vous quitte !
Dit le lierre ; avec vous je veux vivre ou périr.
      J'ai partagé votre fortune ;
      L'Adversité doit nous être commune. »

      Dois-je à Messieurs les courtisans
      Offrir cet exemple sublime ?
      A quoi bon perdre ainsi mon temps ?
Ne sais-je pas assez quel esprit les anime ?
Non ; l'exemple est trop beau pour qu'il soit oublié ;
      J'en fais hommage à l'amitié.

LE CHAT-HUANT ET LES MOINEAUX.

Dans un donjon tout en ruine,
Un chat-huant avait établi sa cuisine.
Bien qu'il vécût au fond d'un trou,
En véritable loup-garou,
Il y passait son temps sans trouble, sans envie,
Et s'estimait heureux de son genre de vie.
Mais il advint qu'un beau soir
Arriva dans son manoir
Toute une bande effroyable
De moineaux, brouillons en diable.
Dès ce jour, adieu pour lui
Sommeil, paix et quiétude;
Avec dame solitude
Tout son bonheur avait fui.
Il fallut avant l'aurore
Se préparer à plaider;
Et quelquefois même encore
Le soir se barricader.
Las de tant de hardiesse:
« Or çà! dit-il sans détour,
Si tout ce train-là ne cesse,
Prenez garde qu'à mon tour,
Intervertissant nos rôles,
Je vous fasse, petits drôles,
L'une ou l'autre de ces nuits,
Expier mes jours d'ennuis.
La troupe à cette menace,

De rire éclata quasi :
« — Tu n'auras pas cette audace !
— Non ? Eh bien, revenez-y !
Les moineaux point n'y manquèrent ;
Et le lendemain matin
De plus belle ils se moquèrent
De leur paisible voisin.
Mais lorsque sur les décombres
La nuit eut jeté ses ombres,
Et que moineaux réunis
Ronflaient en paix dans leurs nids ;
Le hibou plein de rancune,
Las de les tant épargner,
Sans miséricorde aucune,
Les pluma jusqu'au dernier.
On vit alors un carnage !
Digne en tous points des humains.
(Je parle ici des Romains ;
Car les mortels de notre âge
N'ont plus ce barbare usage).

J'en reviens aux moineaux ; ne méritaient-ils pas
            Leur trépas ?
J'en doute ; mais encor, sans plus de commentaires,
Faut-il que sur ce point on demeure fixé :
C'est qu'il n'est pas d'oiseau de si bon caractère
Qui ne se lasse enfin d'être toujours vexé.

LE PINSON PRONONÇANT L'ORAISON FUNÈBRE
DU ROITELET.

Un roitelet mourut ; un pinson grand phraseur,
Fléchier de son espèce, et partant beau diseur,
Résolut d'honorer d'une oraison funèbre
Le défunt qui n'avait rien fait de bien célèbre.
    « Messieurs, dit-il, le trépassé
  Dont gît ici la dépouille mortelle,
  N'a point d'égal dans l'époque actuelle,
    Et n'en eut point au temps passé.
    Bien que né d'une race illustre,
  A son mérite il devait tout son lustre.
Aigle par le courage et lion par le cœur,
Il fit en mille endroits éclater sa valeur.
Prudent, laborieux, modeste, serviable,
Envers les plus petits il se montrait affable.
    Mais ce qui doit nous étonner le plus,
C'est que pas un défaut n'a terni ses vertus. »
    Ainsi parlait notre panégyriste.
    Notez encor que j'abrège la liste
    Des qualités dont l'éloquent pinson
      Crut devoir doter sans façon
Le défunt qui sans doute en eut crevé de rire
Si les morts entendaient ce que d'eux on peut dire.
Pendant que l'orateur s'escrimait de son mieux,
Un lapin se glissant parmi les curieux :
« Quel est, demanda-t-il, le héros que nous vante

Cet éloquent oiseau dont le débit m'enchante ?
    — Un roitelet, lui fut-il répondu.
« — Un roitelet ! reprit le lapin confondu.
Si pour des roitelets on fait un tel ramage,
Que fera-t-on, bon Dieu ! quand des aigles mourront ?
Rendre à pareil défunt un si grotesque hommage,
C'est faire, à mon avis, œuvre d'Aliboron.

LE RAT.

Au bien de la chose commune,
Un rat de cœur et plein de dévoûment,
Avait sans murmurer immolé sa fortune ;
Qui pis est, ruiné tout son tempérament ;
Essuyé maint péril ; couru mainte aventure ;
Et du brave, au combat, attrapé la blessure.
Aux temps où Rodilard bloquait Ratopolis,
Il joua plus d'un tour à Raminagrobis.
Etait-il quelque emploi dangereux, difficile,
    A coup d'œil prompt, à patte habile,
Capitaine prudent, soldat plein de valeur,
C'était toujours à lui qu'en revenait l'honneur.
    Tant que l'on eut besoin de ses services,
    On lui sut gré de tous ses sacrifices ;
    On le fêta, le vanta, le choya ;
    A son vrai prix chacun l'apprécia ;

Tout alla bien. Mais lorsque, après la guerre,
  Il reprit sa vie ordinaire,
 Pauvre, souffrant et par l'âge affaibli,
  Son étoile eut bientôt pâli.
Trop vieux pour subsister du travail de ses pattes,
Et trop fier pour les tendre au détour d'un chemin,
Il attendit la mort aux pieds de ses pénates
Où la faim consuma ce rat vraiment romain.

Pour ses concitoyens encourir la misère,
Sublime sentiment ! mais qui nourrit fort peu.
La patrie est ingrate, hélas ! en plus d'un lieu.
Beaucoup d'autres héros que mon rat-Bélisaire
  En ont fait l'épreuve et l'aveu.
L'un d'eux même est l'auteur de ce précepte à suivre :
« Aime et sers ton pays, mais garde de quoi vivre. »

L'ÉCUREUIL ET LE LAPIN.

Un petit écureuil laborieux et sage
  Vivait jadis en voisinage
D'un lapin grand dormeur, philosophe indolent ,
  Aux paresseux trait pour trait ressemblant.
Tous les deux ils s'aimaient. Amitié singulière,
Si je ne disais pas que Jeannot, le brouteur,
Ainsi que son ami le rongeur d'aveline,

Avaient reçu du créateur
Une âme douce et tendre, à l'indulgence encline.
Mais il n'importe. Un jour que le peuple lapin,
De peur des vents du Nord, dont la bruyante haleine
  Déjà frissonnait dans la plaine,
Remplissait ses greniers creusés sous un sapin,
Seul notre paresseux, à l'écart sur l'herbette,
  Ecoutait chanter la fauvette.
L'écureuil l'aperçut et, s'approchant de lui :
« Mon beau voisin, dit-il, profitez aujourd'hui
  Du temps qui vous permet encore
  De mettre en grange votre thym.
  Hâtez-vous ; j'ai vu par l'aurore,
  Que le temps n'est pas très certain.
  — Que voulez-vous que je me lasse !
Répondit le lapin ; faut-il que j'en ramasse,
  Quand un lièvre de mes amis
   M'en a promis ?
Tout au moins attendons qu'il revienne en son gîte. »
  On attendit, mais en vain, jusqu'au soir ;
  Ce jour-là même on venait de l'asseoir
A l'état de civet au fond d'une marmite.
— Maintenant, croyez-moi ; remuez-vous bien vite,
Dit l'écureuil ; allez ; que la patte et les dents
  Tâchent de regagner le temps
Que vous avez perdu ; voyons ! que l'on s'agite !
— Chaque chose a son temps ; dormons ; vous savez bien
Que le travail de nuit ne valut jamais rien,
Dit le lapin. D'ailleurs, sans tarder davantage,
Demain, sans y manquer, je me mets à l'ouvrage. »
Mais le ciel en avait autrement décidé.

Un vent impétueux par le froid secondé,
Et qui jusques au cœur alla frapper le chêne,
Gela, dans cette nuit, tout le thym de la plaine.
Le lapin, se voyant lors pris au dépourvu,
Alla de porte en porte implorer assistance ;
Mais on se rit de lui ; car chacun l'avait vu
Rêver aux oisillons plutôt qu'à sa pitance.
      L'écureuil seul au malheureux
      Sut montrer un cœur généreux.
Un véritable ami jamais ne nous fait faute.
Celui-ci, dès qu'il vit chez lui venir son hôte,
      Mena l'habitant des terriers
          Vers ses greniers :
— « Vous voyez tout ce thym d'une espèce très bonne ;
Il est à vous, dit-il, ami, je vous le donne.
Plus prévoyant que vous, pour vous je l'ai cueilli ;
      Et comme vous avez failli
Mourir de faim, soyez une autre fois plus sage.
      Vous avez, Dieu merci ! bien vu
      (Rappelez-vous donc cet adage)
Qu'il ne nous faut jamais compter sans l'imprévu.

LE PERROQUET ET LE SINGE.

Un perroquet, détestable chrétien,
Qui confondit toujours le mien avec le tien.,
Sans que l'on pût jamais amener sa science
A mettre entre les deux la moindre différence,
Avait pour compagnon de ses tristes exploits
Un singe ennemi-né des sergents et des lois.
L'un l'autre ils se valaient; pourtant, s'il faut en croire
Des faits dont la justice a gardé la mémoire,
Pour ces qualités-là qu'on affiche au poteau,
Le quadrupède encor l'emportait sur l'oiseau.
Ce dernier, un matin, s'étant laissé surprendre,
    Crut ne pouvoir se mieux défendre
Qu'en accusant Bertrand de valoir moins que lui.
« Sur ces bancs à ma place il serait aujourd'hui
Si le ciel était juste et la cour équitable ;
Car voilà ce qu'on peut appeler un coupable !
Je ne suis pas un saint; mais le drôle, est ma foi,
    Un bien autre larron que moi.
    « — Cela se peut, lui répliqua le juge ;
Mais sachez, faisant trève à ce vain subterfuge,
Qu'incriminer autrui, devant tout tribunal,
    C'est se justifier très mal.

LES VAUTOURS ET LES PIGEONS.

Deux vautours pervers et méchants
Avaient pris une tourterelle,
Que ses cris plaintifs et touchants
Ne purent arracher à leur serre cruelle.
Pour faire respecter un peu le droit des gens,
La république pigeonnière
S'établit en conseil dans un champ de bruyère.
Les uns voulaient que réunis
Pigeons et tourtereaux montrassent leur colère
Par un châtiment exemplaire.
D'autres disaient que dans leurs nids
Il fallait des vautours tuer tous les petits
Afin d'en dépeupler la terre.
Un vieux routier, vrai Nestor des pigeons,
Et qui des choses de ce monde
Avait connaissance profonde,
Osa combattre leurs raisons :
« Quittez ces sentiments, dit-il, qui vous séduisent ;
Au gré de leurs vils penchants
Laissez agir les méchants,
Car entre eux, tôt ou tard, les méchants se détruisent. »
Cet avis était bon ; bien peu de temps après
Nos deux maîtres goulus cessent de vivre en paix
Et sous maints coups de bec chacun des deux succombe.

On pense si pigeons dansèrent sur leur tombe.

LES DEUX ESCARGOTS.

J'aime qu'on soit content alors qu'on pourrait l'être.
Mais de gens ainsi faits en trouve-t-on? Peut-être.
  Tout ce que j'affirme en ce point,
   C'est que moi je n'en connais point.
Chacun veut s'élever ; c'est par là qu'on débute.
On grimpe à la fortune, à la gloire, aux honneurs.
Parfois on réussit ; plus souvent quelque chute
Du sort, en beau chemin, arrête les faveurs.
Le sage dans le rang où le ciel le fît naître,
  Tout humble qu'il puisse être,
Sait vivre heureux d'estime ; et s'il vient à tomber,
Ce n'est pas d'assez haut pour jamais succomber.

Deux citoyens des champs, escargots de naissance,
Vont, mieux que mes discours, prouver ce que j'avance.
  Sur le tapis moelleux d'un bois
Tous deux entre des fleurs rampaient en tapinois.
Ils n'avaient, par bonheur, nulle pressante affaire,
Et s'avançaient sans bruit à leur pas ordinaire ;
Devisant en chemin de ceci, de cela.
Bien que la politique en rien ne s'y mêlât,
  L'accord pourtant fut de courte durée.
« Messieurs les escargots, tout aussi bien que nous,
» Dit Pline en quelque endroit, diffèrent dans leurs goûts.»
Tant l'union parfaite est partout ignorée !
Donc l'un des promeneurs eut la démangeaison
D'aller sur un fayard installer sa maison.

L'autre alors, dans son langage,
Lui tint un discours très sage.
Mais, bien loin d'être écouté,
Il ne fut que plaisanté.
Pendant que de la sorte, à l'envi l'un de l'autre,
Nos gaillards s'escrimaient tous deux,
L'un à prêcher en bon apôtre,
Et l'autre à n'en grimper que mieux,
Survint un vent plein de furie
Par qui notre grimpeur fut secoué si fort,
Qu'il ne fit qu'un saut de la vie
Dans les bras de la mort.

Le LOUP IMPLORANT la CLÉMENCE des BERGERS

Un loup profanateur du plus sacré des droits,
Celui de vivre, eut le cœur autrefois,
Malgré leurs cris et leurs prières,
D'égorger deux agneaux sous les yeux de leurs mères.
Surpris par le berger, cerné de toute part,
Et par quatre gros chiens pris comme au traquenard,
Le bandit qui n'était pas très fort en histoire,
Ne sachant pas combien on se couvre de gloire,
A bien disputer la victoire,
Jusqu'à supplier s'abaissa.
Mais d'importance on le brossa,

Tant et si fort qu'il y passa.
Telle est la juste récompense
Qu'on doit aux gens de ce métier.
Qui reste sourd à la pitié
Se rend indigne de clémence.

LE CHAT ET LES CHIENS.

C'est du juge souvent que dépend la sentence
Qui pourtant ne devrait dépendre que des lois.
Tel s'est vu pour un rien conduire à la potence
Qui chargé de forfaits s'échappa bien des fois.

Un chat (ce nom-là seul vaut un panégyrique)
Qui sur le bien d'autrui savait faire sa part,
Tout comme un financier de la race hébraïque,
Eut toujours le bonheur, soit adresse ou hasard,
De ne jamais fournir à la magistrature
Même ombre d'un prétexte à quelque procédure.
  Ce drôle un jour s'étant glissé sans bruit
Dans le pré dont un chien possédait l'usufruit,
Fut pris par le mâtin : « — Ah ! je te tiens, canaille !
    C'est donc toi qui viens ravager
    Les pommes de notre verger !
Suis-moi. Disant ces mots, il saisit le coupable ;
Le traîne au tribunal où huit à dix malins,

Epagneuls, lévriers, dogues, roquets, carlins,
    Siégeaient d'un air grave et capable :
« — C'est toi qu'on a surpris dans le pré de ce chien?
Lui dit le président. — Oui, monsieur. — C'est fort bien
On avoue, il suffit; terminons l'audience.
Gendarmes, conduisez ce chat à la potence. »
    Quoique son délit ne fût rien,
    On pendit mon chat bel et bien.
Le mal n'était pas grand à voir pendre un tel sire;
Sans doute; mais encor fallait-il, à vrai dire,
De ses forfaits réels punir le scélérat;
    Juger le crime et non le chat;
    Car c'est avilir la justice
Que de nos passions la rendre la complice,
    Aussi, comme on l'a dit fort bien,
Pour juger un matou ne prenez pas un chien.

LE LYNX ET LE HÉRISSON.

Un lynx chat et demi, mais qui n'avait souvent
    Rien à se mettre sous la dent,
Avec un hérisson fit un jour connaissance.
Le drôle, dès l'abord, eût voulu le croquer;
Mais aux dards qui servaient à l'autre de défense,
Venant en étourdi rudement se piquer :
« Pourquoi donc, lui dit-il, me repousser, mon frère?

7

Doit-on fêter les gens de semblable manière?
Que craignez-vous de moi? rien; sans vous hérisser,
Ne sauriez-vous donc pas vous laisser embrasser?
    Me témoigner si peu de confiance,
C'est, mon ami, me faire une sanglante offense.
Vous ai-je jamais nui pour m'accueillir si mal?
« — Mon Dieu, non, répondit le petit animal;
Et, loin de me blesser, votre amitié m'honore.
    Pour vous le prouver mieux encore,
Je vais quitter ces dards qui vous font tant de peur.
Seulement il faudra, mon tendre camarade,
Quitter aussi vos dents avant toute embrassade,
    De crainte de quelque malheur.

LES DEUX MOUCHERONS.

    Deux moucherons au début de la vie
Voltigeaient, folâtraient au sein d'une prairie,
    Lorsque l'un d'eux avisa par hasard
    Entre deux fleurs, fixée à leur pétale,
    Certaine toile aux moucherons fatale :
« O le charmant objet! vrai chef-d'œuvre de l'art !
    S'écria-t-il ; quelle délicatesse !
Ce tissu-là doit être unique en son espèce.
Ma foi, je veux de près admirer en détail
    Cet inimitable travail.

Venez-vous avec moi, mon frère ?
« — Me préserve le ciel, dit l'autre, d'en rien faire !
Ces fils pour nos beaux yeux n'ont pas été tissés,
Ni pour le roi de Prusse entre ces fleurs placés.
Cela me paraît louche ; et, si vous êtes sage,
Vous n'irez pas, mon frère, approcher davantage.
   — O le sot peureux que voilà !
   Comme on vous reconnaît bien là !
Qu'est-il besoin de tant craindre d'avance ?
Quand un péril est près c'est alors qu'on y pense ;
Mais s'alarmer avant, et comme un maître sot
Se donner à soi-même à chaque instant l'assaut,
C'est folie ! » Entraîné par sa fatale étoile,
   Il va se poster sur la toile
Où vous savez fort bien, sans que nul vous l'ai dit,
   Ce qu'il advint à ce triple étourdi.

Le sage que l'on croit parfois pusillanime
   Sait prévoir et fuir le danger.
L'imbécile, au contraire, attend pour y songer,
   Qu'il en soit devenu victime.

LES SEAUX.

Les seaux des puits ont l'humeur courtisane,
   Disait jadis Aristophane.
Dès qu'un d'eux vient à se lancer,
C'est pour s'emplir qu'on le voit se baisser.

LE JEUNE BROCHET.

Le malheur n'instruit pas une tête légère.

Un jour dans des filets un brochet jeune encor
Mais déjà fort,
Se prend, et le pauvret gémit, se désespère.
Mais enfin après maint effort
Qu'une peur effroyable active,
Il rompt quelques fils et s'esquive.
« — Eh bien ! je ne me doutais pas
D'avoir été, dit-il, aussi près du trépas.
Quels rusés fourbes que ces hommes !
Ils pensaient nous tenir ; ils verront qui nous sommes.
Mais que vois-je là-bas flottant près d'un vaisseau ?
Ma foi, c'est un friand morceau
Que le ciel m'adresse, je pense.
Si j'étais le bon Dieu, j'en ferais tout autant.
N'est-il pas juste qu'il compense
La frayeur qu'on me vient de causer à l'instant ? »
Cela dit, il s'en va tout droit vers le navire,
Et, sans examiner l'appât, ni l'hameçon,
Il vous les happe en goulu sans façon.
Pour cette fois le pauvre sire
N'esquiva plus la poële à frire.

Supposez à sa place un jeune homme étourneau
Sorti des filets d'une belle.
A l'entendre, jamais il n'ira de nouveau

Donner dans semblable panneau.
Mais qu'à ses yeux d'une coquette
Brille l'amorce toujours prête,
Et je fais le pari que le pauvre garçon,
Malgré tous ses serments, gobera l'hameçon.

LE TEMPLE DES FAVEURS.

On dit qu'après que Neptune
Pour un monarque brouillon
Eut sans récompense aucune
Bâti les murs d'Ilion,
Ce dieu prenant son équerre,
Sa truelle et son marteau,
Dans l'état le plus précaire
Revint à Delphe en bateau.
Longtemps il fut sans ouvrage ;
S'en tirant comme il pouvait ;
Mettant ses effets en gage
Et mangeant ce qu'il trouvait.
Déjà le pauvre Neptune,
Gros et vermeil autrefois,
Sous les coups de l'infortune
Avait maigri de deux doigts ;
Lorsqu'un dieu plein de caprices,
— C'était le dieu des Faveurs —

En acceptant ses services
Mit un terme à ses malheurs,
« Vous allez, dit-il, compère,
Nous bâtir de votre mieux
Un temple qui désespère
Par sa beauté tous les dieux.
Faites-nous quelque chef-d'œuvre ;
L'or ne vous manquera point.
— Oh ! dit l'auguste manœuvre,
Je vais vous servir à point. »
Lors notre maçon céleste,
Plein d'un légitime orgueil,
Au travail se mettant preste,
Fit le temple en un clin d'œil.
Ce temple, ouvrage admirable,
(C'est du moins ce qu'on prétend)
Bien qu'il soit incomparable,
Sur un point pèche pourtant.
Car Neptune, se trompant,
En fit la porte si basse,
Qu'on n'en peut, quoi que l'on fasse,
Franchir le seuil qu'en rampant.

LES DESCENDANTS DE CERBÈRE.

Quoique plein de respect pour la théologie,
Je soutiens hardiment que, sous certain rapport,
     Les modernes ont eu grand tort
   De ne plus croire à la mythologie.
Je n'en veux prendre ici qu'une preuve entre cent.
On dit que, des enfers gardien effroyable,
     Cerbère aboyait comme un diable,
Et lançait des éclairs de son œil menaçant
A qui ne lui jetait quelque objet en passant.
       Eh bien ! lorsque l'on voit sur terre
       Tant de descendants de Cerbère
       Auxquels il suffit de jeter
       L'or qu'ils viennent solliciter,
       Pour être exempt de leurs censures...
Pardon ; je voulais dire exempt de leurs morsures ;
       Comment n'être pas convaincu
       Qu'un premier Cerbère a vécu ?

LE PIGEON ET LE ROSIER.

La Nature aux rosiers aussi bien qu'à l'abeille
    Fit présent d'une arme pareille ;
    Sorte de dard ou d'aiguillon,
    Pour se venger de tout brouillon,
    Perturbateur, chercheur de noise.
    C'est une arme assez peu courtoise,
    Fort pointue et piquant au mieux.
L'abeille et le rosier ne sont pas belliqueux ;
    Mais malheur à qui les offense !
    Certain pigeon en fit un jour
    A ses dépens l'expérience.
    Comme il faisait sur nouveaux frais la cour
A Pigeonnette, ancienne connaissance,
Il crut devoir restaurer leur amour
En offrant à la belle une rose pour gage.
    C'était galant ; — tous les oiseaux le sont. —
Le nôtre s'en va droit au milieu d'un buisson
    Où se trouvaient des roses de tout âge.
Le sire à la plus belle aussitôt s'attaqua ;
    Comme autrefois le fils de Rebecca,
    Qui n'eut, certes, pas la folie
D'aller, de son plein gré, choisir la moins jolie
Des filles de Laban. Les gens sont ainsi faits,
    Qu'aucun ne résiste aux attraits.
    Le pigeon donc à la plus belle rose
    Voulut donner, la frappant sec,

Dès l'abord force coups de bec.
Mais ce fut pour lui porte close.
Loin de céder, la fleur se gendarma ;
De tous ses aiguillons s'arma ;
Et piqua jusqu'au sang l'amant de Pigeonnette,
Qui dut bientôt laisser la place nette ;
Non sans jurer après tous les rosiers :
« Bien fin, dit-il, qui m'y prendra d'une autre !
Messieurs les épineux, porte-rose, églantiers,
Je vous salue et ne suis pas le vôtre. »
L'arbuste entendant ce propos :
« — Qui des deux, répond-il, est l'auteur de vos maux ?
Que faisiez-vous de moi l'objet de vos rapines ?
Quiconque a bien voulu me laisser en repos,
N'a jamais senti mes épines.

LES CERISES BECQUETÉES.

Après l'un des repas comme savent en faire
Tout chanoine et tout grand-vicaire,
Certain moineau voulut, pour clore son dîner,
D'un peu de fruit l'assaisonner.
(Le fruit pris de la sorte — au dire d'Hippocrate —
Fait des moineaux épanouir la rate).
Le choix ne fut pas long ; notre maître-goulu
Sur un beau cerisier jeta son dévolu.

Là s'attaquant aux meilleures cerises,
Il les béquette à diverses reprises ;
Torche son bec, termine son menu,
Et puis s'en va comme il était venu.
En se voyant ainsi traitées
Toutes les pauvres béquetées
Poussèrent de hauts cris, gémirent sur leur sort :
Qu'allait-on penser dans le monde ?
Chacune à cet affront eût préféré la mort ;
Tant leur tristesse était profonde !
Le cerisier touché de ces douleurs :
« Mes filles, arrêtez vos pleurs.
Loin de rougir d'être ainsi balafrées,
Il en faut, dit-il, être au contraire honorées.
L'oiseau, sachez-le bien, s'attaque au meilleur fruit.
Je ne sais si dans la nature
Cette loi partout se produit ;
Mais chez l'homme, soumis à la même aventure,
Ce sont surtout les bons que le malheur poursuit.

LA CHEMISE.

Un prince, enfant gâté d'un roi de la Médie,
Eut autrefois si forte maladie,
Que déjà devant lui depuis quelques instants
Les portes du tombeau s'ouvraient à deux battants.

Pour le sauver il fallait un .miracle ;
Aussi le roi, laissant là de vains cris,
Envoya-t-il deux de ses favoris
Pour consulter le plus prochain oracle.
L'oracle répondit : qu'en un cas si scabreux
Il fallait qu'on passât, sans perdre une seconde,
    A Son Altesse moribonde
    La chemise d'un homme heureux.
Aussitôt députés de courir par le monde ;
D'entrer ici, puis là ; partout gens affairés
    Satisfaits à divers degrés ;
    Mais d'homme heureux pas la moindre nouvelle.
    Comme ils s'en retournaient contrits
        Au logis,
Ils avisent un rustre, en qui tout leur décèle
Un simple besacier, philosophe indigent ;
N'ayant pour tout habit que des lambeaux de bure,
    Et pour tous souliers la chaussure
    Dont dame Nature en naissant
        Nous fait présent.
    Mais sur sa face rubiconde
La santé se montrait dans son plus vif éclat,
Et ce drôle, à coup sûr le plus pauvre du monde,
Paraissait si content qu'on l'eût, sans son état,
Pris pour un aspirant à quelque épiscopat.
Après s'être assurés que, malgré sa misère,
    Cet homme était heureux sur terre,
    Les députés, encor le même jour
        L'amènent à la cour.
Grande joie au palais ; mais, hélas ! mal assise ;
Car, lorsque l'on voulut au prince dans son lit

Porter le vêtement par l'oracle prescrit,
On vit que l'homme heureux n'avait pas de chemise.

Qu'advint-il de l'enfant? je ne le dirai point.
Qu'il vécut ou mourut ne nous importe guère ;
  Le principal, et c'est le point
  Qu'il faut noter dans cette affaire,
  C'est d'avoir montré qu'il n'est pas
  De personne heureuse ici-bas;
Ou que si, par hasard, il s'en trouve quelqu'une ,
L'homme dont les tourments seront le moins nombreux ,
  Est souvent le plus malheureux
  Sous le rapport de la fortune.

LE CHIEN ET LE CHAT.

  Fox et Minet, je le dis dès l'exorde,
  S'aimaient jadis comme on s'aime à la cour ;
    C'est-à-dire que nuit et jour
  Soufflait chez eux le vent de la discorde.
Tout leur était prétexte à se désobliger.
Bien qu'ils eussent, Dieu sait ! des panses toujours pleines,
    C'étaient des cris, des coups, des scènes,
Dès que l'un d'eux trouvait le moindre os à ronger.
« Vous savez, quand je veux, si je fais du ramage,
» Me disait hier encore un ara de grand âge ;

» Eh bien ! quand mes gaillards faisaient leur bacchanal,
» Je n'étais auprès d'eux qu'un novice en tapage. »
Vous pensez si nos gens par ce vilain métier
    Donnaient du scandale au quartier.
  C'était au point que des bêtes paisibles,
Instruites quelque peu, crurent, en ce temps-là,
Voir apparaître en eux les fantômes terribles
    De Marius et de Sylla.
Jugez par ce seul fait s'ils s'aimaient d'amour tendre !
  Pourtant un jour, à Fox on vint apprendre
  Que sur un toit ayant fait un faux pas,
  Minet gisait aux portes du trépas.
  C'en fut assez pour qu'à son adversaire
  Fox pardonnât, il n'était pas méchant ;
  Même il alla sa visite lui faire ;
  Et ce qui fut, selon moi, très touchant,
  C'est qu'étant pauvre autant qu'on le peut être,
    Pour lui donner quelque bien-être,
    Il employa son dernier sou
    A l'achat d'un morceau de mou.
    C'était bien peu ; mais lorsqu'on donne
    Et que l'intention est bonne,
  Le moindre objet acquiert de la valeur.
Minet, charmé que Fox instruit de son malheur
  A ses griefs eût imposé silence,
  Quand il pouvait sans le moindre danger
    Mettre à profit la circonstance,
    Voulut à son tour l'obliger.
« Prenez cet os, dit-il, dont notre cuisinière
  M'a fait présent à l'insu du docteur.
— Gardez-le, vous avez besoin de vous refaire ;

Aux malades toujours convient quelque douceur.
— Non ; je suis à la diète. — Alors, ne vous déplaise,
Vous serez de l'avoir dans quelques jours bien aise.
— Je goûterai le mou que vous m'avez apporté ;
Ainsi point de façons, mangez ce que je donne,
Avant de me quitter. — Que je vous abandonne !
Je ne sors pas d'ici que je n'aie assisté
      Au retour de votre santé. »
      La pauvre bête tint parole ;
      Et, par ses heureux soins, fit tant,
Qu'avant un mois Minet redevint bien portant.
Depuis lors amendés dans leur conduite folle,
Tous deux de l'amitié devinrent le symbole,
      Et vécurent toujours heureux,
    Sans qu'en leur ciel, autrefois orageux,
    On vît depuis un nuage apparaître.

      Que de gens ennemis entre eux
      Gagneraient à se mieux connaître.

JUPITER ENFANT.

J'ai lu dans certain mythologue
      Un apologue
Que je veux ici mettre en vers.
L'héritier présomptif de ce vaste univers
    Où vous et moi sommes assez peu sages

Pour nous croire parfois d'importants personnages,
  Habita Crète quelque temps.
Il n'avait pas alors foudroyé les Titans,
  Et l'heureuse chèvre Amalthée
  Etait encor par lui tétée.
Ce détail est banal ; ce que l'on connaît moins,
C'est à quoi Jupiter mettait alors ses soins.
  Dans un champ que les Corybantes
Lui prêtèrent un an, sans lui rien réclamer,
(Ce point a toujours eu le don de me charmer)
Le céleste dauphin s'amusait à semer
  Les graines les plus étonnantes.
Là c'était du mépris que sa main répandait ;
Là de l'hypocrisie, et là de la paresse.
  Ici l'orgueil, et plus loin la molesse.
  Mais bornons-nous à cet extrait.
Aux moissons notre dieu trouvait toujours son compte.
Quand il semait le crime il récoltait la honte ;
  Et s'il jetait dans le sillon
  L'ambition,
  Il cueillait la déception.
  L'activité lui rendait la richesse ;
  Et quant au fruit de la paresse,
  Il n'en vit jamais la couleur ;
  Il est vrai que de cette espèce
Il sema peu de grains, connaissant leur valeur.
  Dans un autre coin, au contraire,
  Il vous mit de l'or à foison ;
Mais trouva des soucis au temps de la moisson.
  La chose était bien évidente,
  Aussitôt chez un corybante

Voilà notre bambin qui court tout en émoi :
« Le vilain tour ! dit-il en faisant la grimace :
J'avais en cet endroit semé de l'or en masse,
Dans l'espoir très fondé d'obtenir, par cet or,
Au moins la paix du cœur si ce n'est un trésor ;
Et regardez, voilà ce que je trouve en place !
Est-ce un tour à jouer ? — Eh ! mon Dieu ! que veux-tu !
Dit l'autre ; rien ici ne mérite ton blâme :
　　　　Pour réclamer la paix de l'âme,
Au lieu d'or tu n'avais qu'à semer la vertu.

LA TRAME DE L'HISTOIRE.

Clio voulant ourdir la trame de l'histoire,
Pria la Vérité de lui prêter son fil.
L'Erreur qui l'entendit, redoutant la victoire,
Pensa ne pouvoir mieux éviter ce péril,
　　　Qu'en mélangeant à portion égale
　　　Ses propres fils à ceux de sa rivale.
　　　　Bien entendu, l'imbroglio
　　　　Se fit à l'insu de Clio.
　　　　Lorsque notre Mnémosynette
　　　　Voulut se mettre à travailler,
　　　　Les fils étaient dans sa navette
　　　　Si bien brouillés, que la pauvrette
　　　　Vit bientôt à les débrouiller

Impossibilité complète.
C'est pour cela qu'au beau milieu
De force vérités notoires,
Dans la plupart de nos histoires
On trouve plus d'un conte bleu.

LE SCULPTEUR ET L'IDOLE

Jadis dans le tronc d'un érable
Un sculpteur s'avisa de ciseler un dieu.
      L'œuvre achevée, œuvre admirable,
L'artiste en fit présent au grand-prêtre du lieu.
Celui-ci pour l'offrir aux respects du vulgaire,
      En fit du temple orner le sanctuaire.
      Il espérait, en fin bénéficier,
      En tirer bon parti, je pense.
      Quel ? je ne sais, n'étant point du métier ;
Mais peut-être déjà connaissait-on la mense.
Le peuple cependant devant le dieu nouveau
S'empressait assez peu. D'argent point de nouvelle.
D'hécatombe encor moins ; ni génisse, ni veau ;
      Rien, en un mot, dans l'escarcelle
Du grand-prêtre ou du dieu (c'est tout un, m'a-t-on dit).
Quoi qu'il en soit, l'idole eut fort peu de crédit.
Cela ne faisant point ou fort peu son affaire,
Notre Calchas alla trouver le statuaire.

8

Le cas narré : « Bah ! n'est-ce que cela ?
Dit l'autre ; il est aisé de nous tirer de là.
        Renvoyez-moi mon œuvre en diligence ;
Je vois ce qu'il y manque, et la veux retoucher.
        Dans quatre jours vous la viendrez chercher.
        Et nous verrons ce que le peuple en pense. »
        Ainsi fut fait. Après les quatre jours,
L'idole, auparavant par chacun repoussée,
De nouveau dans le temple ayant été placée,
Attira cette fois un immense concours.
Quel fut, me dira-t-on, le secret de cet homme ?
Et comment tira-t-il son Calchas d'embarras ?
Il dora simplement le dieu du haut en bas.

Ce moyen n'est pas neuf ; j'en conviens, mais en somme
Pour bon nombre d'objets, surtou pour les habits,
Les sots pendant longtemps y seront encor pris.

LES SINGES ET LE DROMADAIRE.

Des singes réunis en bande diabolique
Parcouraient autrefois le centre de l'Afrique,
        Et sans vergogne apauvrissaient
        Tous les pays qu'ils traversaient.
        Un jour qu'ils étaient sur les terres
        De respectables dromadaires,
Ces nomades pillards furent très mal reçus

Par le roi commandant nos paisibles bossus.
  « Qui donc, dit-il, m'a bâti cette engeance ?
  Vit-on jamais de pareils sacripants ?
Allons, qu'on déguerpisse ; ou, sans nulle indulgence,
Le premier que j'attrape aussitôt je le pends.
— Nous pendre ! quelle horreur ! nous des gens politiques ?
Nous au parti régnant toujours très sympathiques !
    Car nous savons acclamer tour à tour
    Le Parlement aussi bien que la Cour. »
— Eh ! que m'importe à moi ! riposta le bon prince,
    Que votre avis soit blanc ou noir !
Vous allez au plus tôt sortir de ce manoir.
Si pourtant vous voulez rester dans ma province,
    Libre à vous ; mais dans ce cas-là,
    Soyez ceci, soyez cela,
    Soyez tout ce qu'il vous plaira.
Pourvu que vous fassiez qu'on dise que vous êtes
    Du grand parti des gens honnêtes.

APOLLON ET L'INTRUS.

Un matin qu'Apollon pour monter au Parnasse
    Sur Pégase avait pris sa place,
    En croupe un intrus se glissa ;
Se fit petit, léger, plus humble qu'un cloporte.
Mais lorsqu'il fut au mont parvenu de la sorte
    Notre gaillard se redressa

« Ah ! ah ! seigneur Phébus, je suis de la famille ;
Me voici comme vous au sommet arrivé. »
Jupiter à ces mots aurait sanglé le drille,
De façon que jamais il n'eût récidivé.
Apollon moins méchant ne prit pas d'autre peine
      Que l'expulser de son domaine.
L'autre alla se cacher parmi des traducteurs,
      Qui se croyaient de grands auteurs.

LE BOUC ET LE PORC-ÉPIC.

Certain bouc, habitant au fond d'une forêt,
Empestait sa tanière à cent pas à la ronde ;
Nul ne le fréquentait ; il était seul au monde,
Et dans sa solitude il se désespérait.
      Cependant près de sa retraite
      Vivait un autre Philoctète,
Porc-épic de naissance, et si bien accoutré,
Qu'on le fuyait partout comme un pestiféré ;
Mais appliqués au soin de leur petit ménage
Aucun d'eux ne s'était douté du voisinage.
Le hasard les ayant rassemblés un beau jour,
      Ils se contèrent sans détour
Ce qui les empêchait de vivre dans le monde.
« — Votre odeur, dit le porc, déplait aux délicats ;
      Ce n'est pas sur le même cas

Que leur haine envers moi se fonde.
Les dards que vous voyez causent seuls mon malheur.
　　Mais si vous craignez la douleur
　　Aussi peu que moi votre odeur,
De demeurer ensemble ici je vous propose. »
L'autre, comme on le pense, accepte avec transport;
Et tous deux, travaillant d'un mutuel effort,
Ils vécurent heureux, longtemps, je le suppose.

Que conclure de là ? Que pour vivre d'accord
Il faut de part et d'autre endurer quelque chose.

LE CHEVAL RÉGENT ET SES MINISTRES.

　　Lion XIV étant mineur,
Le cheval quelque temps exerça la régence,
C'était un prince humain et rempli d'indulgence,
Détestant les combats, bien qu'il fût plein d'honneur.
Mais, quelque doux qu'on soit, quand on vit près des hommes,
Il est bien mal aisé de vivre en bon accord ;
Car nous voulons toujours, en tyrans que nous sommes,
　　Imposer la loi du plus fort.
Un jour que nous avions, plus qu'à notre ordinaire,
Vexé des animaux le peuple débonnaire,
Le cheval assembla son conseil et lui dit :
　　« Si j'ai sur vous quelque crédit,
　　Vous redoublerez de prudence ;
On veut nous irriter, c'est de toute évidence.
　　Mais, avec quelque habileté,

Un conflit peut être évité.

L'homme, je le vois bien, ne cherche qu'un prétexte ;
Gardons-nous d'en fournir le texte ;
Et sachons ménager le fourbe chicaneur,
Tant qu'il ne viendra pas attaquer notre honneur. »
Ce discours terminé, le loup prend la parole :
« Quoi ! dit-il, écumant comme un flot sur l'écueil,
A l'amour de la paix on veut que je m'immole !
Et que de nos tyrans je subisse l'orgueil !
Non pas ! et si votre aide échappe à mon courage.
J'irai venger tout seul notre commun outrage.
Est-ce clair ? maintenant délibérez ; j'ai dit. »
A ces mots, au Conseil tout le monde applaudit ;
Ours, tigre, léopard, tous de l'humaine engeance
Demandent à grands cris que l'on tire vengeance.
Fort bien ! dit le cheval ; c'est comme il vous plaira :
Vous voulez qu'on se batte ? eh bien ! on se battra.
Mais comme l'on pourrait éviter cette affaire,
Et qu'à vos seuls désirs il faut que je défère,
Vous allez endosser des habits de soldats,
Et marcher, sous mes yeux, les premiers aux combats,
Il serait trop plaisant que, pour votre caprice,
De ses biens, de sa vie, on fît le sacrifice,
Tandis, qu'à l'abri du danger,
Vous seriez à vous goberger. »
Ce discours, dont ici je ne rends que l'essence,
Soudain de nos héros calma l'effervescence ;
Et tous les conseillers ayant bien réfléchi,
Le Rubicon ne fut cette fois pas franchi.
Depuis lors au Conseil le loup même fut sage.

Peuples, de la leçon tâchez de faire usage.

LE DÉSARMEMENT DES ANIMAUX.

« Eh quoi ! le faible au fort sert toujours de pâture !
» Quoi ! le monde en deux camps est toujours partagé !
» Est-ce donc ici-bas une loi de nature
» Qu'il faille être mangeant pour n'être pas mangé ? »
Ainsi parlait un bœuf qui, dans un pâturage
        Se promenant,
A deux pas d'un cheval comme lui doux et sage,
      Philosophait en ruminant.
Lors le cheval pensif secouant sa crinière :
« Vous parla-t-on jamais de l'abbé de Saint-Pierre ?
Demanda-t-il. — Jamais. — Sachez donc, en deux mots,
Que cet abbé voulait le bien des animaux.
      Si, possédant quelque étincelle
      Du feu divin dont il brûla ;
Vous voulez établir la paix universelle,
      Je suis votre homme ; touchez-là. »
Accords pris, on se mit incontinent à l'œuvre.
Pierre (1) auprès des Croisés, gens à l'esprit épais,
N'employa nulle part plus habile manœuvre
Pour ses combats sacrés qu'eux pour leur sainte paix.
Après bien des discours, malgré bien des intrigues,
Un succès éclatant couronna leurs fatigues.
Les animaux divers, touchés du bien commun,
Devaient tous désarmer, sans en excepter un.
On prit jour et ce fut devant le dromadaire
Qu'on promit d'arranger cette importante affaire.

(1) Pierre l'Ermite.

La souris, la première exacte au rendez-vous,
De l'accord proposé loua fort le mérite.
« Mais, dit-elle, peut-on se fier aux matous ?
Quand j'aurai désarmé, cette engeance hypocrite
Viendra soyez-en sûrs, me croquer au plus vite.
Je ne saurais donc pas — au moins pour le moment —
    Me prêter au désarmement. »
A la souris succède un loup de belle taille :
« Quoi ! dit-il, tous les chiens m'en veulent à ce point,
Qu'ils se mettent à six pour me livrer bataille,
Et j'irais désarmer, comme un grand sot ! non point.
Puisqu'aux hostilités toujours ils me devancent,
Pour l'œuvre de la paix j'attendrai qu'ils commencent.
Le loup parti, ce fut le tour d'un coq gaulois :
« Ah ! ah ! vous voulez donc, dit-il d'un air narquois,
Qu'à vos renards madrés le coq et la poulette
    Donnent le baiser Lamourette !
Eh ! si vous connaissiez ces triples scélérats,
Vous verriez si l'on peut sur la foi des contrats
Avec de tels gaillards s'endormir sans alarmes.
Et je désarmerais tant qu'ils auront des armes !
    Non, morbleu ! je n'en ferai rien.
    Adieu, bonjour, portez-vous bien. »
Après le coq ce fut encore une autre histoire.
    Chaque bête ayant — à l'en croire —
Pour ne pas désarmer, un motif important,
Toutes à tour de rôle en vinrent dire autant :
Comme il ne s'est depuis tenu d'autre assemblée,
Cette belle entreprise est restée isolée.

L'HUITRE ET LA CREVETTE

Tout près d'une huître somnolente
Qui se pâmait, battants ouverts,
Une crevette pétulante
S'escrimait à des jeux divers.
Comme le bivalve immobile
La laissait seule à son plaisir,
La petite écrevisse, espiègle autant qu'agile,
La convia d'aller près d'elle s'esbaudir.
« Vous en parlez bien à votre aise,
Dit l'autre ; mais je suis aujourd'hui trop obèse
    » Pour songer à vous disputer
» Le prix de la souplesse et de l'agilité.
» Que n'est-ce encor jadis ! alors aux jeux d'adresse
    » J'avais, certe, aussi ma valeur !
» Mais depuis ce temps-là la pesante vieillesse
» A refroidi mon sang et calmé mon ardeur. »
La crevette, à ces mots, mise en gaîté pour quatre,
Répond : « — N'espérez pas me duper sur ce point.
» Si vous ne venez pas près de moi vous ébattre,
» Les ans n'en peuvent mais ; ne les accusez point.
» Votre passé, ma mie, en vain vous le surfaites ;
» Vous étiez autrefois ce qu'aujourd'hui vous êtes.
» Vos défauts ne sont pas de ces infirmités
» Dont les pauvres vieillards par le temps sont dotés.
» Aussi, sur votre banc est-il bon qu'on le sache,
» (Et redites-le bien aux vôtres mot pour mot)
    » Nul n'est jamais vieille ganache
    » Qu'ayant été jeune idiot. »

L'ANE VERT.

Deux bacheliers en gueuserie,
L'un singe et l'autre perroquet
Firent, un jour de pénurie,
La rencontre sur la voierie
D'un misérable bourriquet.
Le singe dit : « Laissez-moi faire
Nous n'allons plus être aux abois.
J'ai ruminé certaine affaire
Qui doit nous enrichir tous trois.
Allons, Jacquot ! vole et m'apporte
Un vase plein du plus beau vert.
Achète ou prends ; mais fais en sorte
De ne pas être découvert.
Toi Martin, va chercher des brosses
Ou des pinceaux, au même prix ;
Tantôt nous nous ferons des bosses
Aux frais de bien des gens surpris. »
Brosse et couleur étant venues,
Bertrand en frotta le baudet ;
Et mon Jacquot tombait des nues
En voyant verdir le cadet.
L'âne verdi comme une poire :
« Partons, » dit le singe aussitôt.
Et les voilà qui vers la foire
Vont sur Martin qui marche au trot.
Comme, en public dès qu'ils parurent,
Le peuple partout s'amassa,

Dans le sac dont ils se pourvurent
Dieu sait l'argent qui s'entassa !
Le lendemain, suivant l'usage,
Ce fut bien autre chose encor ;
On s'étouffait sur leur passage,
Et dans leur sac il plut de l'or.
Enfin·ce fut un tel délire,
Que la cour les fit inviter,
Et qu'un gros bourg faillit élire
Notre âne vert pour député.
Mais, à la fin de la semaine,
L'enthousiasme étant calmé,
C'en était fait du phénomène
Qu'on avait si fort acclamé.

Nouveauté! telle est la folie
Que partout on suivra toujours ;
C'est pourquoi le nouveau s'oublie
Dès qu'il est vieux de quelques jours.

LES DEUX LOUPS.

Un loup s'était lui-même investi du mandat
D'enseigner la justice à la gent animale.
   Rarement plus mauvais soldat
  Combattit mieux pour meilleure morale.
   Quelle éloquence ! il fallait voir
   Comme il effrayait le pouvoir !
   Comme il donnait partout la chasse
   Aux moindres friponneaux en place !
   C'était la terreur des repus,
   Pour peu qu'ils fussent corrompus.
Plus de joie à la cour. Jusqu'à la valetaille
   Chacun tremblait qu'il ne fît voir
   La poutre, la taie ou la paille
   Que dans l'œil on pouvait avoir.
La situation devenant très fâcheuse,
On s'avisa de faire à la bête grincheuse
L'offre d'avoir sa part et d'être le soutien
  De ces abus qu'elle sapait si bien.
   Huit jours après, dans tout l'Empire
   On n'aurait pas trouvé, je crois,
    De gredin pire
Que ce loup vertueux si sévère autrefois.

Ceci d'un autre loup me rappelle l'histoire.
Etant malade un jour, comme œuvre expiatoire
Il promit de laisser dans la suite en repos
   Les chiens, les bergers, les troupeaux,

Si Dieu lui conservait la vie.
« Sur eux assez longtemps ma faim s'est assouvie ;
    Il est temps, je crois, ou jamais,
    De songer, dans la pénitence,
    A passer mes jours désormais ;
    Le ciel aime la repentance. »
Ainsi parla le saint tout fraîchement éclos.
    En effet, tant qu'il fut malade,
    Mon dévotieux camarade
A croquer son prochain se montra peu dispos.
Mais on dit que depuis, fidèle à sa nature,
    Le vilain glouton,
      Du mouton
    Fait plus que jamais sa pâture.

    Le malade et l'ambitieux
    Sont parfois gens très vertueux,
Dès que leur intérêt à la vertu les pousse,
Chez les plus vicieux la passion s'émousse.
Mais en leur sainteté n'ayez pas grand espoir :
L'un se décanonise aux portes du pouvoir ;
L'autre, s'il est doué de quelque patience,
Sera saint quelquefois... jusqu'à convalescence.

TABLE DES MATIÈRES.

Nantes, Imprimerie Évariste Maugin

www.ingramcontent.com/pod-product-compliance
Lightning Source LLC
Chambersburg PA
CBHW051928280626
47162CB00025B/1674